U0152983

虛 實 交 晃

Between reality and illusion

翁 翁 · 詩 & 影 像

熟 悉 得 夠 久 夠 遠
以 至 於 熟 悉 變 得 陌 生

真 實 與 虛 構 之 間
虛 實 難 辨 的
究 竟 是 歲 月
還 是 逐 漸 模 糊 的 眼

鄉 愁 一 生 詩

林 文 義

回到一九九一年的美麗記憶,業強出版我的散文集:《蝴蝶紋身》……封面全然切意於彼時主編副刊,同樣任職報紙工作的靈犀相與,設計者正是:翁翁。

二十八年後二〇一九年算起,已是相知相惜的摯友,為我三本時報版書籍、一冊幼獅版(二散文、二漫畫)設計封面,文學群友定論:書版封面翁翁設計,作者安心。

我想說的是,一位秀異的平面設計家,竟然也是另類的文學者……?印象裡,早年我的文學啟蒙師:沈臨彬出身美術系,同般和翁翁在中時報系工作,文學竟然是他倆另類的絕美意境,有意思的是沈臨彬成長於澎湖,翁翁誕生在金門。

兩位相差二十五歲的卓越設計家,此時拜讀,如此相符的遙遠鄉愁?試分讀沈氏:《方壺漁夫》、翁氏:《禁忌海峽》……鄉愁,散文和詩,等同傾訴。

翁翁新書此時詩集:《虛實交晃》。

十五歲初抵台灣的少年翁國鈞，如何識見這陌生之地？小島至大島，海峽兩百里相隔，回眸是彷彿陌生又熟悉的廈門？於是一隔晨霧、晚霞的對岸，台灣告訴你：那是敵意的中國，金門、馬祖隸屬於台灣……？翁翁沒有這樣的迷惑？昂然的從小島金門來，大島台灣去，猶若信天翁，天涯海角任我遊，自在且自由。

借問：翻讀翁翁散文書2008：《柴門輕扣》，彷若前半生回憶錄之信實，書中插畫如詩幽然靜美，海峽狹隘，翁翁詩、畫、影三合一設計不受限，他如信天翁，影象，詩歌，堅持完成自己的書。

請安靜讀詩吧，那才是最真實，屬於真正自我存在的理由。翁翁之詩，可貴的就是誠實、虛心的不被誘惑？靜……淨。前者容易後者難，翁翁勤寫詩，印證詩集，信實呈現作者不渝的海角天涯。翁翁新詩集：《虛實交異》。最真心、信實的鄉愁之愛，你，懂得。

——2024年秋，桃園南崁

虛實交晃，想像的延伸

楊 樹 清 報導文學家，燕南書院院長

一場主角缺席的展覽。《想像的延伸：翁翁文學與影像作品展》，2021夏月，在碧山村睿友文學館揭展，新冠病毒，疫情嚴峻，航班被取消，展場主人回不去，只能隔空奮力佈展，如期展出；詩在瘟疫蔓延時，讓我又想起2003年，SARS病毒肆虐，被隔離在溫哥華的一代詩魔洛夫也飛不回台北為自己在天使美術館的書藝展開幕，全城飛沫與口罩中，翁翁與我，在他頂樓花園不倒翁視覺創意工作室，趕在展前合力完成《洛夫禪詩》出版，翁翁亦寫了首〈惡客難禪〉襄盛。兩場失落主人的展場，反倒帶來一種想像的延伸，翁翁自我解嘲「看樣子真的是一場空氣展覽了」。

出版有散文《柴門輕扣》、《無江》，詩集《禁忌海峽》、《緩慢與昨日：記憶的島，以及他方》、《虛實交晃》，設計專書《書的容顏：封面設計的解構與賞析》、《看不見的風景》；他甚至大膽實驗，運用了詩、散文的語言寫長篇，以遠遊的父親和他的島嶼時代為背景，完成《睡山》長篇。

翁翁(翁國鈞)，是詩人、散文家、小說家，或者設計家？是寫書人，也是書的化妝師，親手設計過的封面出版品高達6千餘種，從國外的米蘭昆德拉、卡爾維諾、遠藤周作到華人世界的徐志摩、胡適、余秋雨、高行健、洛夫、龔鵬

程等等……書海中，多重混血的創作身世，在我的閱讀中，翁翁的本質就是詩人，如要加點甚麼色彩，影像詩人吧。

作家林文義說翁翁「擅於圖象專業之大家，散文寫得如此深邃雋美！是我從前錯過了，還是翁翁一向的謙遜、低調抑或是設計盛名早就掩蓋過他的文學蘊涵？……現實中的圖象設計，文學書寫是內裏深藏的詩人靈魂亦是理想不滅地保留；金門，美麗的歸向」；音樂家李子恆看到的翁翁「總見他靜默穿梭在故鄉的藝文活動間，凝視，觀察，以僅有的快門聲響，紀錄故鄉人故鄉事，……提煉色彩線條，編排數百千萬言書頁，呈現五彩繽紛故鄉事。」

我看到、讀到的翁翁，從一首詩開端，一直是詩人。許多年以後，詩也化作了我讀翁翁的「入口意象」、「通關密語」。

「再回江時已是千層山萬重雪的臘月／風寒歲末／所有雁字都寫向最最天涯一方／青天飛雁人字朝南／所以我萬馬飛馳／急迫返鄉／一路風沙一路揚塵／一路踩霜蹄兒快快不能等／南方南方／回我親切深重的大江邊／江邊水流　流水湍急／我封了劍落了髮只帶經書一卷／向那熟悉而遙遠的渡頭／渡頭無雪／我的雪是古瓦石厝自那昏黃的炊煙／落日長暉、

縷縷飛雪／臨江無樓／我的樓是飛簷老壁屋脊頂崖的燕尾／燕尾向天、弓身馬背／重樓、飛雪、燕尾、馬背／殷切叮嚀的家鄉／南方南方／昔人已揮袖　惟我獨揚旗／大江哪大江哪你急急的流／蹄兒哪蹄兒哪你莫要停休／南方哪南方哪就在你面前／從此恁他天涯海角與你共盡一杯酒」。

〈回江手勢〉，少年翁翁的詩。「獻給我思念的舊時家鄉，當我記憶猶在，還可以順暢敲打鍵盤、任意思想的時候。我說『舊時家鄉』；似乎唯有這樣才足以傳達我想擷取關於島嶼的某個時期的片段記憶」，2008，翁翁為散文初集《柴門輕扣》寫下一段離開與回來的語錄；我亦揮序〈回江手勢後的輕扣柴門〉，引其〈回江手勢〉；那一年旅台途中，我把這首詩剪存下來，當作行囊的一部分。我無法揣度作者的年紀；儘管「渡頭無雪」、「臨江無雪」，但江河般的創作格局、氣勢，隱然可見；而這首〈回江手勢〉之於我最大的意義，在音樂性中看到了一位詩人回江的手勢。

〈回江手勢〉發表近半世紀、《柴門輕扣》問世16載之後，我再讀到《虛實交晃：翁翁‧詩&影像》，「熟悉得夠久夠遠，以至於熟悉變得陌生，真實與虛構之間，虛實難辨的，究竟是歲月，還是逐漸模糊的眼」。

少年離鄉的翁翁，走上美術設計之路，迄今未離開過設計

崗位，「平面設計是我的本職，但文學則是長久以來的私愛」，「通過文字傳閱於不同層次的讀者群眾，那就是文學的影響力」。

翁翁總在文字裡穿插大量的影像；插畫或攝影，把影像也當成詩的一部份，詩集《緩慢與昨日：記憶的島，以及他方》，嘗試反向思考，以圖引詩，先有圖像創作才有詩的成型；《虛實交晃》也是，詩與影像之間的創作填補或者互補，一部份以圖寫詩，重組旅行中的一些紀實攝影，搭配詩文，經剪裁、疊影、調色、鏡射、變形等等程序，重現新的視覺，「把影像當成另一種形式的創作，化實為虛、以虛擬真，就像幾經迴繞輾轉，終於完成一首詩一樣的心情」，這也是翁翁另一種創作樂趣吧。

《虛實交晃：翁翁．詩&影像》，收錄108首詩，區分為三部曲：「這時誰還談論鄉愁」、「來到不插電的邊界」、「虛虛實實沿途的風景」，就緬懷島嶼家鄉、生活掠影、所見所思以及旅行觀想為分疇。

傾心於現代詩，對翁翁而言，詩是極致而隆重的文字組合藝術，因為沒有任何規範與限制，反而成為更具挑戰性的一種形而上的文字創作。在視覺設計與文字之間、在虛實交晃與想像的延伸之間。

CONTENTS

鄉愁　這時　誰還談論

Volume I

CONTENTS

來到
不插電的
邊界

Volume 2

CONTENTS

虛虛實實
沿途的
風景

Volume 3

這時
誰還談論
鄉愁

Volume 1

不談論鄉愁那談什麼好呢
談一扇輕扣的老柴門
談一面禁忌的深邃海峽
也談談睡著了的那座大山
以及不復重現的
消逝的風景

少年時在戒嚴的島上，始終無緣親近海岸線
海，成為一個名詞，用來書寫與想像
遠聽海潮成為難以釋懷的苦悶經驗
解嚴後，島嶼海門大開
一望無際的海洋終於直面迎來，開啟了一扇新的視線

海院子

緩降的機翼輕輕撥開秋天的滑行道
右側是初醒的料羅灣
亮澄澄在氣密窗外閃爍跳躍
沒有嬉笑與喧嘩
時間靜默忐忑彷如年少去鄉
初旅那時的雀躍已黯然
如今我們坐擁一面安逸寧靜的海
默看消波塊起起伏伏直面潮浪的叩手

以海為天
我們或坐或臥在深井月光下
回溯漫長而虛實的這一趟旅程
載浮載沉的節奏裡
傾聽鱟族殘存的微弱聲息
臆測著潮汐徐緩或湍急
停歇吧　成為浮印灘頭的一抹絕色
暮色昏黯之前　棄守靜默的港灣

開了關關了又開的老柴門
隔著風聲和高粱氣味
長明燈與夢空鳥咿咿呀呀徹夜無眠
釀酒人催熟微醺的島
而我們坐擁窘迫的這灣海峽
等待天明時院子外一片想望的澄澈

1999．金門峰上海域

2022・金門環島北路頂堡路段

移除木麻黃路樹一度成為島上不同世代的爭論話題
網路上有人惋惜有人不屑
最後是大自然總結反撲
2017年莫蘭蒂颱風毫不留情的拔除了大部分與島同命的木麻黃路樹
像曾經戍守島嶼的老兵一樣，宣告一個時代的斷片

20

最後的木麻黃
寫二〇一七年夏天島上消逝的幾株遺神

攔腰截斷的這夏天
燠熱但承平
風裡持續著淡淡煙硝與海的氣味
記憶十分遙遠了
我不斷滑落又增生的髮鬚
千萬縷華髮枯褐成一則冷門紀事
戰爭是一則悲壯並容易遺忘的傳說

當我壯碩　　攔腰
截斷此生與島嶼最後一絲情牽
鐵血一般的花崗岩鄉
而我正在遺忘

如果不曾來過就無需惦念
卸下所有背負的榮辱與哀傷
用枝葉繁茂的華年向土地告別
無需感傷或悲戚

我是一株直挺挺的記憶
杵在遭受命運詛咒的戰爭島嶼
竭盡所能墊高最後的視野
回看騰空了心繫的海鄉
冀望與思念　　連根拔起
我們一起追悼
消失殆盡的悲歡世紀

2006・金門成功海域

霧季一直是島嶼的罩門
大霧來時即刻成為海上孤舟，沒了出口也沒有退路
其實霧季瀰漫，同時為島嶼披上一層神秘浪漫的面紗
家鄉對於大霧有一個美麗的稱呼——霧湖
如果時間允許，這島確實是一處適合迷途的海鄉

時光
迷航

沿著黑的邊緣
我們划過悄然無聲的航線
海面平緩或猛浪滔天都無礙歸鄉的渴望
向西偏南的風浪飲來親切
有意無意間夾帶著熟悉
略帶苦澀的氣味

離開得夠久夠遠
遠得摸不著返家的路徑
以為海角天涯都是一種縮影
以為所有的航行都為了
重溫離去那時的輕狂

遠方在何方如今已不成一道問答
若你沿著時間的邊緣潛行
我們攜手摸索歲月
來到星月都遲緩的盡頭
南風霧起時
咱們一起迷航

2011‧金門莒光湖畔

清明與霧，返鄉遊移
約莫是半個世紀以來旅外遊子最無解的窘困
歸鄉掃墓祭祖，航班機位永遠不足
若是霧季還準時來訪
年復一年的霧鎖金門戲碼便持續上演

薄且溫潤的春捲皮
霧色般捲起溼濡多汁的島
霧雨春花熟成麥浪　豐沃蚵肥蒜白蔥香
還得一瓶解憂化愁的陳高感恩釀
春天才湊滿花甲年歲的行李箱

霧雨清明

一路霧白的失向海峽
從松山機場迷航到水頭港灣
稍有清澈那瞬間
便演出搶灘與歸鄉賽道
旅人遊子或臥或躺　啊霧春漫長

霧鎖的島嶼
嚷嚷躁躁鬱鬱無解的春天
自戰火停歇協議後　半世紀未解的難題
清明便一路潮漲到鄉愁的峰巔

望鄉的航道
風獅爺已視野花白
南風北風騰飛迫降
起起落落那事就交給猶豫的導航

但我說你呀
不如卸下航班等待的憂慮
重新定位多霧的島嶼
就帶你來到霧雨清明
看春深霧裡豆梨花競相綻放
千百盞燦亮雪白
星光般照亮酩酊迷茫的海鄉

大海紋身

沙灘潮浪為前景
主題定焦在橫陳的露穗大橋
遠方有璀璨霓虹閃爍的背景
景深清晰時而模糊

等待觀望四千三百天
時速六十島距五千
風浪平坦時輪馭奔馳三百秒
若是慢步或緩跑　但看心情

島與島的關係更親密了
風與浪逐漸適應而放緩了情緒
港灣碼頭得以稍事歇息
唯交通船汽笛陷入無端的幽閉

海峽中線　風有片刻遲疑
該凌空騰越還是屈身穿越
攔腰橫陳的龐大孔距
天空與海面之間
水族和飛鳥
潮汐落陽風雨霧露

人與車船艇和航道
歷史的海灣劃出一道華麗的紋身

時間流淌在失溫的胸臆
距離迷失了方寸
瑰麗的海紋該榮耀多久？
眼角餘光不時窺見不遠那端
綿延無盡的雲嶽山川

2023・金門大橋

疼嗎？
當鋼鑽刺畫你幽暗深邃的深海皮層
震盪所及甚至骨絡筋脈
無憂的海面刻畫出一道峻銳的圖騰
揮時代之紋筆
染紅島嶼水色

一座沉浮十餘載的選舉浮橋
從最初金廈跨海，縮水為大小金門間的交通橋樑
甚至觀光意味多於實質功能
也許只有烈嶼島居民可以評論橋樑的急迫性
橋的這頭，我們盼望島能持續她的純樸與寧靜

2021・金門慈湖三角堡

理解了很久才認識島嶼上的互花米草
纖纖身軀和一個別緻的名字
入侵物種，奇特的與島嶼土地契合而茂密繁衍
遠遠看去常誤以是為秋天的麥浪搖曳
甚至隱約飄散著麥子熟成的穀香

誤入麥浪熟成的季節

以為逐風搖曳的青青島嶼
是一生僅有的眷念
霧季來時　麥浪簇擁著熟成的季節搖曳著
一座瀰漫濃濃酒意的島

那時青澀懵懂
以為島就是世界
世界之外
廣袤無際的海洋正翻騰著起伏不定的詭譎時局
風雨不絕夾雜間歇砲彈聲響中
我們埋首煙硝　書寫無懼的青春
而青春如此迷茫猶豫
誰在盛夏溽暑還惦記春分那時的霧雨

麥浪裡遍尋不著失憶的童夢
遠鄉近情
這時誰還嘟嚷著鄉愁啊
互花米草裹履著各自的心事
羸弱身軀倚風搖曳　傾心而慎重的宣示
誰是誰的眷念　誰傾一生氣力只為割捨難離

誤以為一座島
是你一生不悔的
執著

1998・金門盤山下堡

母親生前堅持不忍翻修的百年老宅
終究難抵歲月摧殘，樑蛀瓦碎
母親大去後，我們翻新如舊修復懷念的老厝
在成長的故里舊地
為下一個百年還原鄉愁與記憶

重返老厝

重返老厝時
鐵環門扣上的紅絲線已經灰飛煙散
柴門掩不住一室空寂
母親的叮囑成為懸掛遠天
一抹隱隱餘光

她已遠去
遊移在峽灣兩頭　頻頻回首張望
去鄉與歸返盡是輾轉
波浪下搖映著層層晃動的烽煙餘骸
她總是喃喃自語
彼時啊歲月正好
陽光赤赤海風拂面

重返老厝
百年杉樑苦苦支撐了一個世紀或者更久
喧嘩與寂寥都風化成夢空鳥徹夜清啼
春燕銜泥掠過　頭也不回
簷下殘磚裂瓦還留著誰來思念

搖搖晃晃的航程裡
尋思著下一回照面
如果再次相見
你還是你我仍是我嗎？

1995・金門盤山下堡

老家拆除時不忍駐足現場
老師傅說磚牆古厝拆除不費事，三兩下就可清空
可是記憶呢，清除了誰來修復？
百年一瞬，身影一旦消失
所有關於少年關於島嶼的記憶也就消逝得無影無蹤

一生一瞬
下堡老宅翻修前的最後身影

說漫長繁陳的往事
記憶在糾結裡盤根蔓延
說歲月啊悠悠
煙雲故韻已塵土飛煙
說我茫然無措的一生
昔人哪已遠去
風沙裡只剩老榕輕嘆和零星犬吠幾聲

人們都紛紛離去
島嶼重複著忽近忽遠的新情舊事
春霧纏繞冬霜　像一齣還魂的默劇演繹
人們都離去
杵在各自的遠方　不著聲色的眺望回首
而時間不會失憶
在每一刻清醒或迷茫間
凝視著一張張變幻的臉顏
從稚嫩到青春　風華到滄桑
從天真無邪而髮蒼視野茫茫而老邁龍鍾

樑柱崩塌磚瓦紛紛滑落那時
秋天總結了黯然與蕭瑟
這回無需再閃躲砲火和煙硝
在歲月之前
回視風華正盛驚慌與凋零種種
逐一卸下此生的榮辱和滄桑

2022・金門金沙

餵養了一個清貧世代的尋常人家
老宅翻修時，灶咖功成身退
瓦斯櫥櫃取代了老式爐灶
散居四處的家族們，在古厝翻新落成之後
甚至找不到一處可以勾勒關於家的記憶

灶咖　角落裡恆常流曳著飢餓的氣味
　　　久久盤繞不散
　　　焚燒了一整個無奈世紀
　　　逼逼剝剝烈焰如訴
　　　紅通通那木麻黃髮鬚都漲紅了血色
　　　焚火自燃　煨暖島嶼的冷冬

　　　濕氣仍重的相思木悶燒著苦楚
　　　灶心裡反覆炙烤歲時荒腔
　　　窄窄的一方幽悶裡
　　　焚火與煙嗆
　　　蒙蔽了一座遮遮掩掩的島

　　　母親在晨曦微光中搓揉著皸裂的雙手取暖
　　　把滿屋裊繞的煙霧
　　　搓揉成一個完整家的模樣

2024・金門盤山下堡

翻新的老厝，以光鮮得令人陌生的姿態重新矗立
老師傅信心滿滿誇讚屋脊的曲線砌築得完美
我暗自想著，還需要多久才能再現古厝的滄桑
還要多久
才能再度重返記憶裡鄉愁的樣子

一落二櫸頭

仰天振臂
伸展出屋脊所能開展的最大寬容
一撐二百年
頑張的姿勢氣度直仰天聽
拓印出一幅跨越朝代的閩鄉圖騰
臂兩端因執拗僵硬成羽翼般的尖銳
而且是以家燕的尾翼形影
夜以繼日不停的召喚
離巢乳燕與少小去鄉的戇囡仔

一落二櫸頭
三個世代還繼續延展支撐
堅硬的脊樑以及略顯窘迫的格局

仰天振臂
濱海孤島所能仰望的視野極限
至於懸掛天際那道自傲的弧線
兩百年前完美到現在
燕尾迎著第一抹天光
下弦月怡然闔眼

崩塌了又重生了
多麼懷念啊十六歲的夢
寂寞而且嘹亮

2009・金門山后

偶爾返鄉一行
泰半是為了響應家鄉藝文活動而聚集
夜宿歐厝「天井的月光」民宿，有著小巧的方正天井
適合飲家鄉酒聊天笑鬧，徹夜不眠
所有年少去鄉的遊子，誰的內心不呵護著一方自己的天井呢

天井的月光

潮聲從清晨的天井陣陣湧來
那時天光未開
霜露還睡眼惺忪
飲盡手中殘酒揮手互道晚安
徹夜未眠的星子一溜煙隱入雲間

人聲已散盡
夢沉沉入眠
寧靜島只剩未眠的月光
痴嗔而溫柔地
守候著天井靜默暖心的一夜鄉情

若你仰望滿天星斗微明
總有些值得眷念的身影
總有必須牢牢記住的片刻風景
總有些怎樣也割捨不清的柔情

笑鬧方歇
方方正正的天井裡
酒意還濃
廳堂前的嫩綠與繽紛
已不知輪迴了多少次光影

七餅食材元素提供・李淑賢

戰後世代的孩子，少小去鄉是不得不的選擇
是無以閃躲的宿命
七餅無疑扮演著整個離鄉世代共同的家鄉味
記憶著上個世紀的清貧與知足
也包裹了老一輩對於傳統習俗與人情世故的執著

七餅

柔柔軟軟的白麵糰
以季節該有的身段
悱惻輾轉且醒且眠
徹夜催熟發酵等待

朝霧起時
縱身向炙熱的鍋盤貼身拂拭
拂一層溫潤柔情的薄衣
擦拭一道念念不忘的海島鄉味
霧雨迷茫的清明
心繫的七餅

只在春雨綿綿的季節
七色菜蔬才能團聚於磚紅石牆的煙火人家
蘿蔔紅碗豆青蔥花白蒜苗綠
芹菜韭菜豆芽菜
豆乾絲五花肉海石蚵
還得厚薄合宜的春捲皮
才足以捲一綑飽滿欲滴的老味蕾

囫圇吞嚥的鄉愁
熟悉的七餅滋味
可是啊空寂的老宅裡人們都哪去了

2009・金門洪門港

像我們這樣一座四面大海環繞的小島
看天看海聽風迷霧，再尋常不過
在星月互映的寧靜夜晚
透過天井觀看一方夜空
彷彿旅人與遊子都毫無招架地醉倒月光下

月
光
島
嶼

從暗黑的海線搖搖晃晃歸來
月光灑滿一整座深井庭院
輕推老柴門
長明燈夢空鳥和老犬哈利
紛紛醒來
啊夜暝多麼靜好

去鄉的迷茫和感傷
彷彿春天的霧
迷途四十年熟悉的氣味一一湧上
老柴門咿咿呀呀
長案桌上靜靜守候長眠三代的神主牌
什麼都沒說

仰望天頂的月娘
尋思著
現在和離去那時有些什麼不同
月娘啊大咧咧笑開的臉
彷彿母親一樣的溫暖

暗
夜
島

砲襲停歇之後
夜更黑了
多風的林子湧起陣陣的睏盹
伸手不見五指的漆黑

黑裡
焚燒與祝禱
抵不住一枚隔海飛來招搖的造訪
觸及的非必炭靈牲畜
尚有孤寂百年的磚牆和瓦片
哀嚎與屏氣

隱忍的島嶼
渾身焦黑的木麻黃髮梢
揚起縷縷嘆息的煙硝
黑裡　憂悶與驚懼穿梭不容停息

第一盞雞心燈泡亮起
長明燈宣示改朝換代
黑　黯然卸下古典的崗哨
而我們仍沿著暗夜的柏油戰道
藉木麻黃樹梢微微天光
卑微地窺看
機關槍與坦克攜手協奏的
煙花亂竄

小學二年級，村子亮起第一盞電燈
那是戰備年代，繼自來水供給之後最振奮人心的公設
島嶼解脫了基本生活的困頓，但緊張對峙的冷戰枷鎖從未遠離
夜晚的驚懼與警誡仍持續
直至1992一令解嚴，才亮起島嶼的暗夜

2014・金門植物園

45

2011・基隆北濱 + 金門下堡

父親的辭別宣告著一個家族世代的終結
他一生謹守傳統分際，從不踰越
在故鄉的土地上跌倒，後送台北挽回餘生
卻再也回不去他日夜思念的故土家園
遠鄉終成他鄉

流火
懷想父親

揭開幽冥的遺忘或清醒
摸索於渾渾噩噩的視野　他的眼神渙散
簾幕形影游移如島上的霧影幢幢
他凝視著記憶　惶然而無措
如焚如割如針刺之痛楚　如大去無求
深沉七月　老柴門開了關關了又開

如果相遇在另一扇黯淡的夜暝
流火焚燒煙雲散盡
幽暗裡找不著歸返的小徑
你拂袖拭去半生淚汗與塵埃
在無風無聲無言中
無無啊無無

像飛行中掉落一片羽翼般輕盈
風在風裡輕聲喟嘆
零落四散的記憶與昨日啊
來去一袖風雨寒
你說想為自己遊蕩
靜巷裡流火劃過每一扇緊掩的門
卻驚覺迷失了所有關於熟稔的方向

晨曦時我們守候著微弱的光
吞嚥下他最後一絲氣息

2009・新北老梅海灘
2018・台北市嘉興街

把父親母親的骨灰罈合葬於台北市郊
愧對父親生前葉落歸鄉的念想
但母親有不同的想法,子孫輩都在台北生根落地
她寧願就近屈身,方便後代來探視
海峽兩百哩,擱淺了三個世代

隔著海峽兩百哩

隔著海峽兩百哩
相望於一水之遙的距離
父親還在他大筆不歇的紅赤土上
日夜俯首灌溉汗滴
爬梳著不忍荒耕的土地

然而此刻他安安靜靜的停歇陌地他鄉
冷眼俯瞰世事
他長長吐了一口菸　感慨
時歲啊其實越來越好
他總是嘮叨著
清明的島應該還霧雨迷濛天光不開
麥浪熟成來得及收割麼
如果霧湖一直不散
遠遊的囡仔如何返鄉掃墓
誰來拂拭神龕牌位與墓碑

隔著海峽兩百哩
海魅天涯冷冷相望
遙遠的莫過於海天蒼茫
無關距離

1999・台北市臨沂街

母親目睹我們為父親告別式所張羅的全程
雖然遺憾未能實現父親落葉歸根的願望，滯溜他鄉
我們竭盡所能為傳統觀念的父親圓滿送行
而母親後來悄悄改變心意，隨小姨信奉上帝的恩典
讓我們省去傳統告別式的繁文縟節與揪心

母親離去的
那個黃昏

滑過臉龐的那抹微笑
笑裡的苦楚和辛酸如歌
如暗啞不絕的叮囑
前方的路啊我們陪您走

最後一聲嘆息
在三月寂寞的巷子
那時冷雨不絕昏黃黯淡
等不到第一盞街燈亮起

細雨綿綿的靜巷隱身
黃昏像失去血色的記憶
擰乾最後的道別和眷念
回看苦雨不絕的年華
我那濕透了的春雨和霧島
無須再回望的遠鄉

慢慢走
曲折的路徑不會再更幽暗了
來時沿途的花草路樹您還記得嗎
喜憂和悲歡漫長深邃如海
我們一起穿越

眼看老宅都荒涼了
家門前的雛菊還沒綻放
繁華已經謝盡
遲遲等不到您來我的夢境

搖搖晃晃的海峽
距離與思念串成的航道徐徐緩緩
再如何輕盈都會留下波痕
您用等待折成九十三道皺紋
而皺紋是最熟悉的一帖偏方

成為風成為雨
時時吹拂
我知道
您一直都在

2019・金門瓊林＋歐厝海域

以初旅之心探訪久違的家鄉
是年過半百時虛擬的心情
彌補年輕時面對禁忌島嶼的抗拒
曾經長達十年間不曾踏上島嶼故鄉
後來回想那一大段流失的歲月，十分懊惱

52

初訪故鄉

車輿無聲滑行
遠方澄亮刺眼的海面有些羞澀
踩著初旅般的亢奮
回探年少那時倉皇出走的小徑
茂密的木麻黃道盡頭
映見一面禁忌無言蔚藍的海
啊初訪久違的老家鄉

入秋的腹腔液白灼熱騰滾
燒燙燙的廣東粥熱呼呼的蚵仔麵線
三杯下肚漲紅了醉醺醺的島
雙鯉湖畔湖水見底不見鯉
一旁的柳樹笑彎了老邁的腰
花崗岩洞裡
罈與罈交媾著時光醇度
寒沁與霉濕
岩層的幽微沉沉莫非就是鄉愁

假扮成初訪的旅人
來到熟悉又陌生的舊時家鄉
興奮遺落在忘了年輪的幽秘步道
一些想望隨身攜帶
未眠的冷夜
星星們徹夜談論輕盈與沉重交織的旅心

2020・金門環島北路 + 斗門

島上先民以「露穗」稱呼金門高粱
乾旱的土地蒙老天垂憐，霧露甘霖
才有結實累累的豐沃高粱穗，才有如今聲名遠播的金門高粱
乾旱的島嶼能夠孕育的作物有限
靠著生命力強悍的高粱小麥、玉米花生、甘薯蘿蔔餵養了艱苦時代的鄉人

春風露穗

整個夏天姆嬤赤著腳踝
在滾燙的柏油路面爬梳一欉欉飽滿的穀穗
渾圓烏亮的露穗如初降的天使
裸身飽滿豐腴翻滾著盛夏艷陽

有輪輾過
輾斷臍帶與母胎的牽連
一顆顆飽滿的露穗孕育著一滴昂揚的精萃
熟成時蒸釀成乾旱島的汁液

清明雨時撒下的希望穀種
等待嫩綠的青青袍衣
包覆整座悶得發慌的無聲島嶼

霧雨之後
一切歸於無欲無求的等待
唯獨姆嬤揚著扇子乾急
雨呦雨呦快來這片乾枯的島嶼

飽實累累的露穗
烏金閃閃映照簷廊暮色
風乾阿爸勞碌一生揮灑不盡的汗珠
從春風年少微醺到白髮
把歲月蒸釀成誘人的酒香
這一生哪只為滋潤一回
望鄉的喉腔

2005・金門盤山下堡

父親臥病台北的最後一年，老家傳來老榕樹主幹斷裂的噩耗
那是少年父親和他父親從山上移植在村子西邊出口的苗種
陪伴村民三個世代，老老少少樹下休憩歇息超過八十年風雨
怕老父親難過，就沒有讓他知道這個消息
多年後，情樹從斜幹垂鬚處長成一柱粗肢，撐起另一代重生的歲月

情樹

該如何告訴你　孩子
當你在我的樹蔭下彈耍玻璃彈珠時
有一刻你抬頭仰望
你便成為我
你的眸子投射出一道明朗無憂
清澈遙遠的夢

我在你夢裡
倒掛在搖晃的枝幹上嘻笑鬧哭
哼唱著一首不成調的兒歌
太陽，風以及星星的夏夜
千百隻不得安靜的雲雀啾啾
都棲息在昏暮時我茂密的濃蔭裡

坦克車機關槍與馬匹沓沓的童夢
逐一輾過驚慌的柏油路面
晃動的葉的縫隙逆射暮光閃閃
映照一截模糊而飄搖的昨天

你的離去是夏日午後忍不住的嘆息
燦然微笑裡我看到自己
垂鬚因思念杵成一柱壯碩
風風雨雨抵擋晨曦暗暝
而你始終在我夢裡
在我鬢鬚覆履的層層皺紋裡

老一輩村人農閒時，常飲酒解悶
且習慣把空酒瓶隨意堆疊在牆角
堆積成牆的空酒瓶成為獨特的風景
但我始終弄不清楚，酒牆是一種滿足的炫耀
還是抵擋無聊歲月的一份自嘲

酒
牆

總有三兩滴殘餘的醉意
存留於唇角或甕底
長喝所以不空
他把歲月喝成地老天荒
且殘留幾滴老酒於瓶底之必需

沿著老牆角堆疊成一道歲月
瓶裡瓶外各擁殘山剩水
醉了倒了累了矇了
就撐起獨孤防線
用一生醉意抵擋理智與時光

誰是新愁誰是舊愛
以酒築牆不計長短高低
無需在意醇度多少
但看湖海江山
料峭幾許

在歲月角落堆砌起一堵長長的牆
不看人情不理世態
笑看空瓶裡扭曲變形的風景

2010・台北市 + 新北澳底

金門文藝在台北復刊忽忽十載
雖說以半年刊型態出版發行，不過二十餘期
但這份從戰管時期的海島家鄉萌芽，幾經輾轉支撐至今
對於我們這批離鄉世代的兄弟姊妹們而言
除了文字爬梳，家鄉高粱酒量之養成絕對必須

説我倉皇而凌亂的腳步
故鄉啊忍不住的一口杯

捲毛拎著酒杯逢人就乾
他説陳年最好新釀的也不錯
喝家鄉酒笑談海島情
馬背上跳舞的烈嶼女兒撂下海口
美酒暢飲不醉方休
妙齡女子對酒當歌
高唱酒不在多唯歌聲不可稍停
阿山哥扛著酒甕越洋如隔世
老父親的高粱酒哪亦飲亦行醫
北方牧場放羊的姊姊
帶領一群微醺的仔仔笑傲江湖
説咱們有山有海有酒有本領
彎彎眼的美眉笑臉盈盈
她説來晚了我先乾了這一杯
遂把彎彎的唇笑成上弦月
阿寶埋首拂塵書香千里遠
姿慧隱身月光裡的天井深
擼了擼眼鏡清伯不帶聲色飲盡杯中釀
早把江湖世事都爬梳一場

説我倉皇而凌亂的腳步
故鄉啊忍不住的一口杯
土豆人番薯臉干單情
繁塵俗事迺付一口清
誰還管純釀如何陳年幾多
你看你看滿山盡是露穗海

燒酒歌
寫客居他鄉的金門文藝姊妹弟兄們

2015・荷蘭・羊角村

有多久不曾踩踏家鄉泥耕的田園，嗅聞泥土的氣味
記憶裡的島，春天時草綠樹青，走到哪都是油綠一片
那是個充滿生機與希望的清貧年代
後來，冷硬的水泥石板鋪天蓋地封填了整座島嶼
走在寂靜的村子巷弄，連一小片泥土草青都成絕跡

窖藏的季節之後

一整個窖藏的季節之後
土地逐一揭開塵封的窗扉
哆哆嗦嗦迎接陽光霧露或風雨不歇
時節來到什麼都無所謂的段落

汲汲營營於勤耕不輟者
土地必將回饋豐沃
而生命回饋滋長
緩慢的島
緩緩地循著自己的步履
不急也不徐

一整個窖藏的季節之後
冷顫的空氣裡
來自土壤一些蠢蠢的悸動
你預感
歲月的芳菲即將來臨

2023・金門浦邊

家鄉的風獅爺向來給人威武莊嚴的勇猛印象
以抵擋風沙庇佑島民為大任，確實需要壯碩昂揚的形象
但旅行沖繩島，赫然發現隨處可見或站或蹲或臥
總是笑開一張大嘴，極盡搞笑逗趣的迷你風獅群像
是否神祇也反映了島嶼的民風習性

風獅爺

風雨來襲時
在你寂寥身影背後
忍不住好奇想問
爺啊你奮力抵擋的是風沙還是孤寂
有沒有一個理想大夢是你的望鄉
春天彼時整座浸泡在濕透了的島
面海守候的滋味如何

你苦苦守候什麼
遠去遊子還是疲憊歸來的白髮鄉鬢
你一定觀見
船帆終究難擋雲天飛速的航機
引擎粗暴聲響與油煙廢氣
時不時挑撥著寧靜的紅赤土島嶼
海面上突兀堆砌閃亮亮的鋼筋水泥
把一面澄澈的明鏡橫空切割

鷺群們不再眷念港灣
向晚漁舟空轉
在寂寥的海面無奈的繞了一圈又一圈

想要牢牢記著你的身影
但始終聽不到
你的聲音

2022・金門下浦下

你是清晨出生的牛，注定一生要勤奮努力沒得偷懶
從小母親總是這樣告訴我，長此以來也就認份地遵循教誨
從渾圓澄明的眼眸裡看見牛的樸拙與真誠
對於土地與命運的謹敬以及忠誠
那種認份與堅貞，我便想著啊他是我兄弟

從你深邃的眸子

幽微與一念之想的牽繫
不曾在往返的家書或音訊中提起
有些存在與必然比苔痕還隱性
半生去鄉
記憶是一道橫空飄搖的惦念

搜尋記憶裡沉穩如山你的身影
渾圓眸子如黑水晶一般澄澈而深邃
深邃裡有無懼的堅貞
匿藏著一座沉重的貧瘠時代和島的身影
那深邃也描繪了荒年的苦楚
漫天烽火煙硝餘生之後僅存的撫慰與
疼惜

我們靜默對視
看見黑水晶裡的虔誠謙卑樸拙與良善
父親用神情遞給我們家訓
他說良善才是島嶼的最初本性
如同兄弟如同家親

2009・台北市寶藏巖 + 新北淡水

鄉籍漂流木畫家楊樹森兄是一則傳奇
他以繪畫與信仰克服了精神層面的憂鬱
遠離塵市隱居臨海的林蔭山居
在屬性未定的漂流木上
篤定且流暢的筆繪出一則又一則的秘密風情

在漂流途中
窺探祕密花園的祕密

誰預知這一趟航行必須漫長而孤單
以一生逐流行走
湍急或者徐緩
隨波浪載浮的節奏裡
揣測無可猜臆的方位
在每一朵浮生的浪花瞬間探索祕密

牢牢記住途中的潮聲與風速
天涯正在漂流
山林放逐在失去航道的昏眩水魅
誰是誰的牽繫
在冷沁起伏幽暗柔軟中迷失
啊那時我正在漂流途中
因預知停靠的港灣而忐忑

停歇吧漂流
晚暮之前
用繽紛與絕色
浮印我們祕密的港灣

2016年春三月，興致勃勃專程飛回金門家鄉
為豆梨祭活動催生助陣
可惜天不從人願，花季遲遲未開
在初長成林的豆梨樹叢裡繞了又繞
倒是相機因曝光不足，攫取了一幀符合心境的意外之作

尋花

錯失豆梨花開的時節

你若迷失在熟悉的小徑
一再錯失花開簇錦的時節
莫非已經遺忘年輕時的承諾
在林木鬱鬱的初春島上不安地徘徊

林梢上繫掛的懸念與不安
逐風飄搖
等待的花訊遲遲未見
而霧季哪眼看就要來臨

你若再次錯失花開的嬌羞
仿佛豆梨不曾騷擾過年少的春夢
那時雲淡風很輕
辭別的港灣無端降落一串串鹹嗒嗒的珠淚

彷彿你從不曾離開
不曾編織過美麗的花裳
豆梨花開彼時
你的島　濃霧散了嗎？

2015．金門瓊林＋龍潭梵谷花園

顆粒小巧看起來不甚起眼的金門土豆
是所有海島鄉人的至愛，橫跨不同世代
小時候花生是僅有的零嘴，後來則成為懷鄉滋味
即使顆粒小堅硬如石，若沒有好牙齒則無緣咀嚼
奇妙的是至今，從沒聽說過有人不挺這一味

土豆人

有時三心
有時二粒
運氣特好時便剝開了個
四顆同心

小小個兒堅硬如石
不向命運屈服的那股海島沙泥味
細嚼慢嚥風韻持久

養分來自紅赤土壤的餵養
參雜砲彈煙硝氣息的加料
粗獷外殼包裹著質樸無華的醇香
硬是必須的傲驕
翁綠枝藤隨九降風節奏無畏的蔓延
那是土地陽光與島嶼最深情的牽連

如果牙齒持續穩健如岩
一如島嶼的堅毅不搖
我們仍然細細咀嚼
赤土砂礫迸出的
堅硬且深情的
土豆仁

2014・金門古寧頭北山斷崖

古寧頭北山斷崖是大時代的一處轉捩點
蒼勁殷紅的斷崖佈滿千瘡百孔的貓公石礫
日夜承受著濤浪拍擊與潮汐
每回造訪斷崖海岸，扶風落拓的貓公石陣
每回感受到戰爭彼時的悲壯

浪花灘頭

環繞了大大的一圈之後
再回到貓公石緊偎的斷崖邊
遠方海面閃閃爍爍的霓虹映影如畫
迷惑了失神的海峽
難以理解的繁華世紀
一圈啊多麼遙遠多麼夢幻

流淌過無數莫名淚血哀嚎的岩灘
淒厲吶喊攪拌著苦雨殷紅
急促而不安的風浪
此刻冷眼靜默一派黯然
湧不起一絲絲念想的浪花

日暮的岸邊
晚潮用盡最後氣力拍擊
向昨日的海峽道別
多麼悲戚不堪啊
宿命的你的島

再飄泊迴旋會不會只是枉然
搖搖晃晃的海峽
如果洶湧不出最初的悲壯
不如就溺斃在感傷這斷崖

2015・金門料羅灣

解嚴之前，離島與返鄉都是一道苦難的折騰
不定期、沒有時間表的軍艦是唯一選項
從台北到高雄經澎湖抵達海島金門
期盼中夾雜著漫長等待，再經歷逃難般的海上航程
那時年少，以為那就是歸鄉必須的模樣

搖搖晃晃的歸程

暗黑如許深邃
夜以及海以及夢魘般的苦旅
浪與淒風是激勵與懲罰的宿命總和
我們晃蕩於無明的甲板上
感受驚慌和隱藏的恐懼
濤浪孤艦在氣旋中橫渡漫長的無奈
歸程啊多麼遙迢

遼闊的海峽只容下一艘困頓航行的艦
以及腸胃翻攪暈海暈山
以及無眠無味無日無盡等待之苦楚
搖搖晃晃的
去鄉與歸返

十分遙遠了
暗夜驚浪的鐵的夜航
恐懼肌理卻記憶分明
不計里程在失向的夢裡
持續航行

2015・荷蘭・鹿特丹

自封為駐金門特派員的王金鍊老師，是令人敬重的師友
每回返鄉他總交代，不急，等飛機落地領了行李再聯繫
保證你踏出機場，我就等在那裡
彼時他定期赴台北門診，每回就近來我工作室喝茶看NBA
後來受耳喉疾病所苦，遂關閉一切與外界的聯繫，斷了訊息

念我島上的朋友
想起神隱的王金鍊老師

聽説他把自己隱身霧裡
拒絕繁塵與霜露
深鎖時間為日常
無視於窗外花開漫爛的白豆梨

莫非花開過於喧囂
眾蟬鬧騰
把篤定安平的夏日港灣
唱成滔天鼓浪
寄植於門前草地的那株豆梨
還惦記著來時的身世嗎

所以關閉問候與簡訊
壁壘篝火
隔離昨日的謙謙老文青
在歲月之前
堆疊出一個無噪無慮無聲無息
水清不疑的天地

李若梅・紅太陽與白舞裙

再次造訪馬祖，畫家李若梅送了我裝幀精緻氣勢雍容的畫冊
書裡見到先前在台北展覽時觀賞過的畫作
莫名的感動，來自畫裡的風霜冷淬與滄桑種種
以及同為離島遊子的游離與感傷
徵得她的同意，刊載了系列作品中的一件，表達敬意

風霜藍與浪花白

觀李若梅〈一座島嶼的日常〉展後

飄浮在夜與風浪之間
她說　藍是一盞風霜
從初春持續到晚秋
搖晃著海的矜持與善變
她的白透露著滄桑與斑駁
因目睹水色蒼老而略顯感傷

浪濤一直翻騰著島
有時是滿懷心事的雲
放逐在洶湧暗沉的水面
那雲自三千里外蜿蜒流浪至今
迷途在柔柔軟軟的淚的海岸線
把夜渲染成起伏未定魔幻的藍

幽閉且霉的碉堡裡
綻放出一朵慘澹暈眩的蕾絲白
那是花或一束迷路的雲
如果靜靜聆聽
遠方零零落落的爆裂和風聲
她便把沉甸甸厚實的灰塑成一道風景

潮浪光影水天浮雲與海腥的日常
船班夾帶風浪　海鳥暢飲霧露
而南國薊始終仰天發愣
從不曾舒坦過的崎嶇的島
點一杯臨海的黑咖啡就著槍孔觀潮
細數每一朵路過的浪花白

2022・馬祖南竿

獨立於牛角村礁岸上的刺鳥碉堡咖啡屋
無疑是馬祖最驚心動魄的一處風景
尤其是秋冬季風時節，咖啡與濤浪齊舞，啜飲一杯咖啡的勇氣
島主哲學家曹以雄的風範獨樹一格，活脫就是一隻傲骨的刺鳥
2023年七月，傳來碉堡關閉的訊息，刺鳥飛離

刺鳥咖啡
曹以雄與他的獨孤碉堡

就著濤浪襲礁拍岸
九降風猛烈敲窗
霉溼落漆支撐的寂寥碉堡
天光便正襟危坐
宣告一日的營運

手沖慢香醇濃的滋味來自
臨海無懼的沉著
都等得牆面龜裂書頁泛白壁虎也瘖啞
久候的咖啡還得提心吊膽
神態自若故作鎮靜
低頭慢慢啜飲
啊風霜與執著的滋味

氣氛都緊峙了
那人恭謹凝神端坐
小鬍子長馬褂哲學家般沉思不語
連咖啡都立正站挺
刺鳥們打彈藥窗孔哆嗦飛過
只以眼尾餘光窺看掃射
怎樣的舊老碉堡這時還飄散著撲鼻的
咖啡與書香

與金門島同樣承擔著歷史重擔的馬祖列島
有著不同於金門的丘陵景觀
晨昏都美的海域，夏秋時節海藍直逼希臘
可惜交通因素，某種程度限制了美麗島嶼的發展
至於凜冽醇厚的馬祖高粱酒，雖不產高粱卻也在白酒界闖出名號

酒引
初訪馬祖

年少啟笛的船艦
入港時已經風寒料峭白了髮霜

以島與島的距離
我們舉杯互敬
以濃醇與嗆烈　敬煙硝和霧氣
以陳年的孤傲溺斃所有浪頭與灘堡

航向漆黑如幕的夜的大洋
記憶啊封成純釀的一罈苦海
風浪百年釀　月光岩下滴
啊你是孤寂自慢的崎嶇島

濃度45　熱情百分百
風比浪輕
浪比海狂
九降風拂面而過
北方純釀是善於領航的擺渡人
開島關島
初旅如舊遊
沙塵與霧露味蕾了舌尖

所以我們舉杯互敬
飲盡剔透澄澈與海藍

不插電的邊界

來到

不插電的邊界

Volume 2

清唱其實也無妨

不為手舞足蹈的八分醉意

不為敲碗擊掌的桌邊酒

既然順暢無礙來到甲子園

五三五八五九點二你說哪樣更好

2018．新北市深澳象鼻岩

位於東北角澳底海濱的象鼻岩
有異於其他沿岸的景觀，幽謐而遺世
彷彿一頭置身大海孤獨的大象
2023年底，承受不住長年濤浪或寂寞難耐
一夜之間大象身影消逝在東北季風強勁的海面

黃昏的象鼻

那時天色未暗
還一點餘光的時候
我們沿著象的鼻子攀爬
傾斜而且陡峭
步伐不用說是亢奮中夾雜些許警覺
後來天色幾近黑暗
你可以聽見潮浪們竊竊私語在象背的遠方

彷彿看到
更遠處微小的船在顛簸的夏秋海面上緩緩交流
以至於另外一個季節的來臨我們毫無所悉
就著象的坡度摸索向暗黑挺進
想像險峻的頂端有風微涼拂過
夢幻般的海洋

至於象鼻象背究竟如何模樣
溼透的掌微顫的小腿肚
都笑說一如想像

2012・桃園拉拉山

年過半百是一種奇妙的警訊
提醒你路程已經過了一半
且是美景連連最佳狀態的前半段
五十一開始，向下坡路段繼續行走
頭洗了一半就別計較太多了

五十一　威力彩開出連三十一槓的那晚
哥兒們在上巴陵坐擁群山
且乾了最後一罐冰凍的台灣生啤
目睹水蜜桃們熬不過早熟的夏熱
紛紛漲紅了七月
那時弦月未圓　蜜桃已經嫵媚熟透
山嵐瀰漫如極樂仙境

颱風在第二天嚷嚷著登陸
哥們倉促逃離山徑
回到紛紛擾擾的地平線
山徑棧道拋在遺忘了的幽谷叢林
編號第六之後的神木群長什麼樣子
下回再說

初入五十一的那個夜晚
回首眺望
驚覺山林已經荒涼枯褐
葉落花凋

2019・瑞士・希庸城堡湖畔

彷彿才繳交過半百的短評一則
卻在瞬間驚覺，已經臨門甲子園路口
看來沿途荒廢了過多的閒暇與白日夢
樂觀的人笑看臨老入花叢
都已經歷那麼多，還有什麼坎過不去？

路過甲子園

一直一直逼近的冷秋
挑釁著槭樹梢那抹沉穩落拓的紅
她　　一定忘了拉上黃昏的簾幕
恁窗枱邊的燭火兀自舞揚兀自詠嘆
年歲啊絕美而奢華

一直一直逼近的記憶
晃動遊移如流火
有光微微
我們循著木麻黃髮梢微弱的天光緩步行進
那時島是一則禁忌
向肅殺與烽煙料峭的童夢

如果感覺孤老
就擦拭瘖啞的喉頭聲帶
就放空視野
在記憶的邊界放飛一首變調的兒歌
遠眺彼岸璀璨花火一直一直逼近

無意間倉促涉入的甲子園
沒有盛宴與歌歡
那裡　　只預留了一壺冷凝
捲起衣袖我幫你焚燒沸煮
敬一杯　　敬迎面而來
一直一直逼近的自己

2016・比利時・布魯日

請教過資深的耳科醫師
也做了精密的聽力測試
找不出哪裡出了毛病，但是蟬嘶不停
老醫師說既不干擾生活日常，那就以平常心相處吧
後來耳朵也就逐漸習慣，來自歲月的打賞

蟬嘶不絕

以聲嘶力竭印證存在
確屬高招
至於是蟬是禪現在都了無爭議

朝晨睜眼
相望江湖繁雜及至暗夜深沉
闔上一日世事恩怨
準時送音如晨鐘暮鼓從不誤點

是否曾經十七年靜土深耕
沈潛修行而鼓翼而破繭而引吭一生
傾訴或叨唸
只有耳朵知道

談不上賞心悅耳或惡意叨擾
那嘶陣鳴簡直魔音穿腦
一旦拉開序曲就如梵音繞樑三十三間
眾聲齊奏
永無止盡

2013・菲律賓・長灘島

海上航行是優雅閒逸的長旅抑或惡夢一程
難以分辨
登陸艇大艙裡騷臭發酵令人作噁的氣味與
郵輪上雲裳華服與美食佳釀歌舞昇華
一樣的潮汐，乘載著各自的行程與經歷

航向何處的大海

非得鏽了桅桿斷了航道
潮浪才猛然清醒
沙灘沖刷著魚族們的青春遺骸
溺斃了一個世紀之久的舺灣
潮汐一遍遍拍打黯啞的海的輓歌

海問船
航行的方向
船帆回首問風
風甩了甩雲朵
把答案拋給老遠老遠的天空

潮浪從不善於獨孤
夏天來臨之前
潮流沉溺於冬之長眠而噩夢連連
闔閉視野放任風向導航
潮汐便前撲後湧催促著
未知方向
該航向何處的大海

2018・新疆巴音布魯克

年過六十，朋友最喜歡互相調侃：還不退休？
但是退休與不退休，對於我這種本來慢活的懶人
似乎沒有什麼明確的界線
退休了幹啥好？
不如死纏爛打，繼續向後半餘生匍匐慢進

模擬

雨停了
關上收音機和十分喧囂的耳朵
苦楝和相思樹都冷靜了下來
乾枯的河床使勁的想要感動
卻始終擠不出一絲蜿蜒淚的河流

戲水的少年
翻了個身癱平在沙發上
和電視遙控器搏鬥了老半天
六大張報紙翻來翻去不知報導了些什麼
茶已涼了人還健在
還是想想晚餐該吃些什麼

退休了幹什麼好呢？
一次捆走大半輩子的撙節
還是逐月等待涓滴細水長流
斟酌再三
最終不敵痠麻難耐的右臂膀

白天鵝伸了伸懶腰
在海拔三千米冷且無聊的高地
隔空打了個長長的哈欠

2019‧瑞士‧瑞吉山 +2015 南投清境

老派咖啡廳是九〇年代典型的約會地點
現在連鎖的咖啡店早已淪為雲端族的創意基地
等待和被等待都是一門學問
想起年輕時，因為和客戶的會議而延遲了約會
讓女友在雨廊下足足等候了三個小時的糗事

一杯冷咖啡的等待

第十三分鐘〇五秒時咖啡登場
比預期的晚
比等待稍稍快了些
然而咖啡並不在意
自顧的顯擺著她濃稠裡的妖嬌紋身

等待的人還沒到
手機遺忘在遙遠的八〇年代
網路持續失聯無影無蹤
等待的唯一理由只剩下
等待
咖啡香氣洋溢
音樂浪漫而虛浮
低調而曖昧的檯燈越顯昏暗
都冷了咖啡而等待的人遲遲沒來

向晚的城市適合等待
窄窄的彎巷靜美的下午
過於喧囂的街道趨於和緩
浪漫在等待和漸冷的街燈下失溫
而等待的人始終沒來

2006．北市．艋舺莽葛拾遺二手書店

開始練習割捨，是步入後中年期的覺悟
知識與思想肯定不會永久深鎖在輕薄或厚重的紙本裡
愛書藏書大輩子，書豐富了半生卻也盤據了空間
半壁江山一堵牆，空留方寸惹塵埃
把書送給愛書的人，把歲月塵埃一併拂除

半壁江山

看著有些擁擠的陣仗
久了也就怡然
時空與知識的距離
只在貼身之近

放季節在紙本裡翻飛壓抑
感受塵埃堆疊洗禮
不朽經典擠在潮流中不時更新學習
老去的是心態無關時歲

孤傷歌歡靜默絕美都站成一列無語江山
流淌或遺忘就在這裡凍結
以後還很長很久
留一頁空白之必要
疲憊時權充喘息的間歇

隔著半壁揣摩歲月
江山那麼寬廣我只停駐一角
閉目冥想或放任思緒逍遙
空想有無事　呆坐聽南風
春秋與朝代拓落在薄囊紙頁之身
冷眼觀看就好
何需深陷混濁

2017．俄羅斯．莫斯科＋愛沙尼亞

老派當然是一種顯老學
但有時也成為時尚流行的懷舊風
你看看寬寬窄窄的牛仔褲管就清楚
只是時間一直在流逝
誰能抵擋一直一直湧來的潮流

老派的必要

第三次二十

只在幽頹靜謐的叢林
脫隊的符碼才一一歸隊
回到茂密的字的隊伍

網路過於喧囂且任性
倉促冒進如萬千螻蟻蜉蝣
碎石子小路踩著清脆步伐的聲響
在木棧兩旁
為紛飛的蝴蝶伴舞
啊多麼輕脆愉悅的二十

既然全世界都臣服於AI
乾脆撿拾不插電的手寫小抄
為老派曲調填寫過氣的歌詞

然而一切都無礙
花甲們聚集姑婆芋搖曳的林蔭下
數落遍地槭黃或枯楓
且興味盎然
放飛十八青春時的紙風箏

2019・瑞士・馬特洪峰

誰都沒料到的白雪山巔
有年輕女孩千里迢迢帶來一面激情的旗幟
看來是經驗豐富的旅行者
她自背包掏出旗幟的那一瞬間
山風和人群都揚起一陣騷動

白雪旗飄

雪深及膝
女孩在青空艷陽的白雪山頭
自後背包掏出一抹神秘
順著風勢張揚起一面雀躍的飄飄大旗
平靜而純白的山巔
因旗幟飄搖而悸動不已

紅艷艷的激情搖滾著蔚藍蒼穹
山嵐與冰河跟著鬧騰
認識與不認識　冷眼和旁觀的
都議論紛紛

彷彿不混入吆喝行列
就被群山拋得老遠老遠
甚至墜入光滑如絲的萬年冰川

晚秋十月
一面跋涉千里飄揚旗幟的山巔
霎時忘了季候的堅持
甚至山巒的身世

2011．泰國．曼谷泰皇古城

驚聞金門鄉訊聯誼會首任執行長侯淑敏在加護病房中與死神拔河
訊息來得倉促，朋友們紛紛在網路上為伊祝禱祈福
訊息每況愈下，才驚覺生命如此薄弱，如驟雨過後的殘荷
所有的讚美與祝禱，最後只能是輕聲一嘆
六月，伊安詳的辭別夏天與紛擾的塵世

夏荷
寫阿敏女史

傾盆豪雨自午後陰悶的天空襲來
像是為了沖刷所有的疲憊鬱悶
疊累了一生的欣喜悲歡
能不留下一絲眷念嗎

那時我們聽說
一朵花開正盛的夏荷正在凋萎
雨聲嘩嘩像疾疾的趕路人
孤獨在路的盡頭不斷延伸
旅程漫長而艱緩
什麼時候才能稍稍停歇

荷花塘裡搖曳著盛夏亮燦的風采
洋溢著淡淡惆悵的季節
沒有人對生命稍有質疑
即便路途顛簸有些倉促與詭譎

她說讓我闔上眼皮吧
讓我　靜下心來沉澱思索如煙年華
生命如此沉重又如此輕盈
她輕聲喟嘆　睫毛微微溼潤
像極了夏日雨後水塘裡搖曳的那朵荷

2012・雲南公路 +2020・魚缸裡的魚

位於城市東區的老公寓獨缺一車位
一巷之隔的余教授介紹了他鄰居老友的空位租給我
後來余教授搬遷至林口新居，便少了聯繫
再後來，他的女兒用Line傳來教授大去的訊息
每回進出華廈車庫，每回忍不住抬頭仰望他曾待過的七樓

樂觀的魚
想念余玉照教授和他的笑聲

教授拎著兩條魚開心的走了

第三個名片的設計版本頗費了些心思
教授的名片發送得很給力
而我計謀著如何在小小的版面裡
佈局熱忱開朗與陽光
他是揮灑朗朗笑聲的放牧人
螢幕裡就蹦出兩條活跳跳真誠且樂觀的魚

他就是魚
他說阿囉哈可以改變世界
至於Line的中譯他主張來音勝過一切
時不時在臉書傳達殷切的善意

認識教授同時認識了他的熱情
他把生活裝扮得笑意盈盈
而且非得把盛情塞進你不設防的心
一度讓人以為
紛擾世界終於躺平

告別式後的第三個月
臉書跳出教授的邀請

2012‧雲南玉龍雪山

最後一次和何華仁學長碰面是在福華畫廊
他和他傾心展出的鳥版畫創作
那時他的身影已經略顯疲憊，但眼神炯炯如鷹
像一隻經歷千萬次飛行看遍水月江山
急需卸下羽翼，為自己找尋一處安身停歇的孤鳥

鳥人

向版畫家何華仁兄致意

向天空飛去彼日
群鳥爭相伴飛

他以自由式
放空了海天與雲層
並且嘗試拉開嗓子傲嘯幾聲
俯瞰的視野感受果然不同
羽翼之下熟悉且陌生的山林與城市
蒸騰成一潭雲霧難分的沼澤
他拋下一根白色羽翼
天空便紛紛滑下惜別的淚滴

鼓翼並奮力練習高速與放逐
所有罣礙與痛楚隨風消失
遠颺的青春與想望在飛行裡
都幻化為無欲的音速

飛向天空彼日
他把自己飛成一隻輕盈無憂的鷹

2016・意大利・威尼斯

能在半百年歲就攀登事業巔峰並急流勇退
而且認真規劃出生命後段的斜槓行程，熱心公益
專心進出常人無力也無暇的南北極地、沙漠峽谷與生態棲息地
貼近自然觀察生態，也探尋生命道理
老當益壯的陳維滄老董，是我佩服的第一人

大隱於市
不向歲月低頭的極地老頑童陳維滄

現在此時
他唯一算計的莫過於時間的投資

翻滾半生之後
坐擁華廈精華樓層
和鎮守大門的一對石獅晨昏相守
隱身城市蛋黃區的繁華角落

回顧起伏紛擾漫長的一生
亮澄澄的落地窗大敞無遮
朝南是靄靄雪地滿坑滿谷的國王企鵝呱聲不絕
向北則冰封極地日見消瘦孤獨覓食的北極熊
誦經與薰香的日常
他在回顧的牆面沉潛修行
地圖上拓滿腳程與傲驕
尚未踏查的那些陌地遠鄉暫且擱置
過了花甲年歲
唯荒野極境可以平撫他説
未竟涉獵的旅程就留待命運航班

日暮西山時
他駕著昂貴的轎車扶樓而上
駛向美麗曲折堆砌環繞的樓層頂尖

2016・義大利・龐貝古城

一生睡過多少枕頭，大概沒人認真計算過
對於枕頭我其實不挑，軟式硬式厚的薄的都可
無非也就借靠一宿，夢境隨人
比較好奇的是，古代的陶瓷枕
遇上凜寒的冬天到底要如何靠枕入夢

枕
頭
山

堆砌夢與疲憊
黑夜層層積累的總和
囈語與汗水淚滴一再重複疊印
唇與齒之粘膩與冷凝
恩怨情仇盡在工學算計中塑形
惺忪迷茫之際聆聽牆上針擺
喃喃自語

纏綿悱惻或孤寂難眠
都咫尺天涯
你貼身擁撫
幽暗中摸索柔柔軟軟的迷濛山丘
虛虛實實的幻夢
啊黑夜如山巒那麼漫長

柔情浪漫陪伴一生
淒慘落魄徒剩半世
你是割捨不掉的癮
從初夢到濯濯童山
從第一聲哭啼到最後一口
氣

2020‧新北市‧北濱海岸

愛戀中的甜言蜜語是一圈圈美麗的漩渦，沒有缺口
中年愛情生活多了柴米油鹽
老來時就像一壺清淡的普洱菊花茶
愛情恆久其實無關歲月年華
浪裡來風裡走，感情的事端看各自經營與造化

失戀語錄

總覺得有些什麼開不了口
直到最後分手道別的時候

有些心事老擱在心裡沒説
只怕日子久了更無從追究

有些想法還不知誰對誰錯
釐清的時候已經歲月悠悠

塵煙舊事就懸掛風雨樓頭
留待他日懊悔時細細回首

愛情的山頭不缺陰情圓缺
霧雨來時別淪陷快步急走

2018・日本・東京目黑川

陽台上養了三十多年的櫻花早已壯碩成樹
每年春天不免寄以厚望，等待一片花紅
但不知道什麼因素，近幾年總是花開稀疏斷斷續續
不禁想念起東京目黑區臨河綻放的夜櫻美景與城市風情
那才是櫻花季該有的經典印象

陽台上的櫻花

為了拉開春天的長度
她把花季分批秀出
無視於賞花人群的焦慮與心急
陰晴未定的節奏裡
悄悄藏匿了一部分等待的含苞

既然沒人理解春天應該持續多久
不如就含蓄些
留著部分嫩蕊
等待明年再開

數位時代最大的困擾莫過於密碼這事
生活幾乎是為了數字而存在
彷彿遺失了通關密碼就遺失了生活機能
至於臨老失智的比率越見頻繁
會不會是私藏太多秘密而記憶當機

藏私

銀行提款卡八位數密碼
手機開啟臉部辨識
小酒館續攤的存酒還剩少許
APP裡永遠記不清的通關天機
鞋櫃裡藏匿一串備用鑰匙之必要
總有晚歸臨門遺忘時

誰不藏私呢
總得藏一些秘密給自己
孤獨時翻閱賞析
總得藏一些記憶在腦海深處
得空時細細反芻
總得保留些許空閒給自己
沒了私密生活還剩什麼樂趣

如果來到渾沌迷茫的年歲
一睡醒來
忘了密碼忘了記憶忘了周遭臉顏
說不定還一併忘了
自己

2023．東京＋2020．台北

城市東隅冒出一座以青鳥為名的超現實完美門面
極盡奢華舒適的擺顯著光鮮與尊貴，吸納周遭人群享受空前美好氛圍
進入深秋，青鳥迅雷般憑空消逝
彷如幻夢，彷彿所有的美好都不曾發生
然後挖土機轟隆隆以機械怪獸般的速度入侵

飛過一只青鳥

奢華虛幻編織的超現實極境
美麗與安逸都在一只騰空的蛋殼裡
春天時青鳥倏地飛來
棲息在猜疑的城市東隅
咖啡與音樂交際在熱絡的空氣裡
冷氣充裕手機串連起全世界訊息
想像與真實的距離比理想還貼近
時尚曼妙美麗陷阱早已為你備齊
只需手機與錢包悠閒任隨你揮灑
美好幻境持續多久從沒有人在意
書和飲料以及VISA卡
構築一個虛幻的善意
接近完美的理想情節
只需校正你的經濟

立冬前後青鳥頭也不回離去
徒留一地殘缺與嘆息
美好的夢幻瞬間消失
城市作了一個美麗大夢
不久之後這裡將堆砌一組龐大而後現代的
泥鐵叢林
另一個美好的期待正測試著你的口袋

2019・瑞士・萊茵河岸

即便有著優渥完善的社會養老機制
歐洲人基本都不必為晚暮生活擔心
但當我在瑞士萊茵河畔短暫停留當下
面對河邊獨坐的長者或老人與狗的場景，幾乎和河流一樣緩長
明顯感受到孤寂與臨老的無奈

輓歌

日暮之後
所有蜿蜒水色與絢麗都已疲息
野苔蘚四處蔓延
抵不住河岸一聲喟嘆
影子頹然傾坐
一次又一次的
深秋下午

如果無法融入山林的召喚
就俯身向土地道別
無法直面晨曦的絢爛和耀眼
就挪移身影與獨孤
回看漫漫一生的長度

至於晚暮
遺忘之前先嘗試把記憶遺忘
時間從不因感傷而放緩腳步
聽老式唱盤沙沙作響的告別曲
無需掌聲與喝采
星月們紛紛隱身歇息

2023・台北市東區

地球人一次又一次遭遇來自地底的胎動釋放
別無選擇地承受驚懼恐慌，毫無招架之力
即便警報系統提前響起，十秒八秒之短暫其實也無法改變什麼
地震來時，人人自危
能夠做的也就是保護自己

地震來時

不要聽信傳聞
關於末世紀的驚悚預測
絕對不要驚慌
無非就是地牛慣性翻身
無非按耐不住口舌們的猜忌與謠傳

地震來時
地球儀鎮不住而晃動了起來
比軀體更明顯驚慌的還有晃盪的水晶燈
順勢抖落長久積累的積塵
螢幕裡那道裂痕從北海道延展到伊斯坦堡
地球偶一翻身
便把大半個世紀的不滿情緒一次宣洩

搖晃的吊燈掉落的酒杯及傾斜的書櫃
急慌了牆上張皇竄逃的壁虎
該躲哪裡才好
地球儀一股腦翻滾帶爬
也沒見他找到任一處穩定的角落
杵在不高不低第七樓的我
該冷靜沙發癱坐
還是心驚膽顫隨倉皇失措

2019・泰國・泰北金三角

迷惘與臨老都是生命課題，沒有標準答案
迷惘是自身淪陷的泥沼，出入隨人造化
臨老則是必經之途
順風順水開懷一程
千絲百縷愁悶半生也是一程

迷
河

山巒的淚水
為末雪初融而感傷
流經低谷嫩綠的腰身
洗去沿途漫長疲憊與憂傷

慢慢流比較遠
迷途的流域你的淚
暮色轉趨幽暗時
草原嵌入一匹飢餓的瘦馬
召喚的河道上
河童在濕濡與哀怨中沉沉睡去

臨老的夜河
淚水順著脈絡分明的流域啜泣
抵擋不住波濤旋溺
夜沉入無明
沉入更深邃更險惡幽暗的海
一旁半掩詭譎的死神以嘲諷
笑望一截斷魂的迷河

2015．比利時．布魯日＋2019．菲律賓．薄荷島

什麼時候開始
遺忘癡呆變成一道老去必須的經歷
難免感傷
只不知忘記所有和記得一切
到底誰比較福氣

笑
忘

轉進向晚的小巷
幾只麻雀撥算著滿地掉落的枯蕨
有白鑽般晶亮眸子的黑貓
舔了舔舌
身姿優雅微笑著伸了伸懶腰在矮牆上
歪了歪頭臆想著
到底遺忘了什麼

不分晴雨晝夜九重葛
無時無刻費勁地揮霍著紅白紫黃
即使花期倉促
說什麼也要光鮮亮麗就算
短暫也好

和廝守大半輩子的影子對看
總有離別的時候
離席前記得調整
如果一切變淡甚至歸於空白
你要牢牢記住
微微一笑很香蕉

2019・瑞士・藍湖

如今媒體百花綻放
已經來到無新無舊似真還假的時代
所謂新聞基本不具任何意義或價值
人們只聽聞想聽的，只觀看想看的
資訊神速來去，記憶也是，遺忘也是

新聞

事件本身未必知曉
成為一則喧騰的必要
甚至不予理會

然而眾口難擋
一失足踩過泥濘的路面時
一千張扭曲的孟克
聲嘶力竭亢奮的嚷嚷著
重組或剪接出
一條無關緊要的聞

昨日之新
捱不過一夜杯晃喧囂
今日的聞
甚至不及一朵鳶尾花的綻放和謝落

2014‧日本‧京都

緩慢是一門修行
生活步調可以緩慢　但是生計要顧
心情思緒可以緩慢　但是身體要好
遊山玩水可以緩慢‧但是口袋要深
緩慢之前分秒拼搏斤斤計較之必要

快與慢

翻天覆地海嘯來時
步伐該快還是慢
大霧籠罩島嶼四顧茫茫沒了方向時
步伐該快還是慢
空曠寂寥大漠落日餘暉那當下
步伐該快還是慢
斷崖盡頭直面碧波萬頃無垠無際的
天涯　該停止步伐還是繼續

慢慢慢慢
擱置放下
遠去的青春褪色的笑顏
風景啊一直都在
只是山水悄然斷片
你鍾愛的那朵雲
怎就浮影微漾在飄香的咖啡杯裡

迎面而來朝思暮想的她
你說步伐該快還是
慢

2013・菲律賓・長灘島

陌地行旅有嘗新的喜悅，是我喜歡的選項
有人喜歡舊地重遊，享受熟悉之美好
離開熟悉的舒適圈，去陌生之地探尋體驗不同的風情與氣味
逐漸熟稔之後，再重返原來的熟悉
這是旅行的樂趣吧

向晚離城

離城時季候向晚
沒有預期與奢望
速度維持在無所牽掛的頻率
遠天在航行時緩緩甦醒
聽說擦身而過的一團風暴夾雨

湛藍雲天分不出陰晴
雲絮是趕路的天涯行者
換日線與飛機餐輪番上演
一秒兩秒三秒十里百里千里
狹長的757機翼禁不住亢奮而顯擺
為遠行的喜悅
顛簸不已

這一次只攜帶了時間與睏意
半瓶稀釋的閒暇和斷斷續續的4G
夢要離城去找尋　陌地的
熟悉和不熟悉

2017・波蘭・克拉克舊城區

睡覺打呼最要命的是自己永不自覺
雖然有時候也會在上氣不接下氣時驚醒
虛心的翻身，換了個睡姿
但怎麼聽還是枕邊人的呼聲最響亮
不過，聽久了終究覺得也還悅耳

片
刻
黎
明

妻子的鼾聲
喧鬧了一夜
醒時她說她正在失眠
我於是在擱淺的灘頭
一次次測量夜與黎明的距離

她終於擠出片刻的清醒
我把零零碎碎的夢境拼湊成
一千片畸形的拼圖
而夢瞬間就消失殆盡

我們應當也一起和奏過妥諧的長夜
與暗黑周旋辯證
並力邀一千隻羊和蟬的奏鳴
聆聽管樂弦琴和諧交響
一直到第一列清醒的捷運笛鳴
交響的夜便全席謝幕

2012．雲南麗江 +2022 台北陽明山

兩只金屬機身，三顆替換鏡頭，四、五十卷應急的膠卷
那是上個世紀所有攝影人的基本裝備
上山下海，捕風抓影
微觀世態冷熱炎涼，都在一方小小底片
新世紀不過稍稍轉了個姿態，怎麼就改朝換代毫不留情

142

135 檔案室
被戰場遺棄的黑色小坦克

萌生退意之後
他把歌歡歲月晴雨繽紛全都關進一只
恆溫的密閉斗室
以持平的脈搏吸納著隔世的訊息
遠征的意志已經平撫
數位正在汰換實體
堆積成山的風雲舊事成為難解的習題
留或不留無人在意

終不抵歲月之必然
輕按快門拿下世界的豪情過往已矣
一框觀景窗看盡大山汪洋
一格膠捲底片擄掠繁華盛世
從浩瀚巨大乃至細微枝節
舉口徑迥異的鏡面砲管
擄獲無堅不摧的亂世
重且堅硬的金屬機身如坦克浩蕩出征
誰不夠硬挺誰就無以扛霸江山

柯達黃富士綠櫻花紅伊爾弗黑
江湖一直運轉
惟坦克已停歇而世界
全面數位

2015．波蘭．華沙

生與死，大去之沉重
中年之後，更多的老友重逢在殯儀館告別式場合
理解到生命的終結不過是一個過程
人從呱呱落地開始，便一路朝著結束的方向奔去
有人精采過活有人怨嘆一生，有人無憂無喜平淡一程

當我們談論死亡

最好跳脫尋常的視野
試試不尋常的臨界

拂面而過風是虛的
冷雨淋身時極冷
霧氣蒼茫是虛的
濕露霑衣屬實
美麗是虛的
花開爛漫盡現眼前
快樂是虛的
美食佳餚誰能抗拒
歲月風華是虛的
容顏老去髮白齒搖再真實不過

鄉愁在虛虛實實間交晃
感傷是虛還是實
正襟危坐我們談論起死亡
而死神豎起耳朵虎視眈眈冷眼瞪視
結論呢
死亡是虛的
只在咽下最後一口氣魂飛魄散那瞬間
確確屬實

後來耗了很多時間在追劇或影集上，當忙碌之餘或很空閒時
看書看劇看冰箱，現階段不用出門也能盡享生活之閒逸
忍不住想起少年時在島上，追趕電影的腳步
什麼都匱乏的戰地，最不缺的就是電影院
曾有過一日週末連趕四場電影的輝煌紀錄

**劇
迷**

高畫質銀幕解析度過於銳利
六十吋全視角容易看透新聞的嫌隙
重複放送的撲朔迷離看了心虛
到底誰說的才是真實

現實過於崢嶸
不如置身奢華唯美起起伏伏的虛擬浪漫
隨情節緊湊高潮迭起
裝幀一個任意的時空與理想主義

放飛孔雀和蝴蝶
暫且擺脫案頭催促的手機
隔著Wifi咱們比一比
劇集與現實
看看誰比誰還更綺麗

2017·河南洛陽 +2019 宜蘭蘇澳

背負著古老悠久使命感的年輕老董
青壯的心靈裡躲藏著龐大的一尊老靈魂
在千百年的都城裡連鎖著建新如舊的文青風旅舍
且都不厭其煩堆疊著層層層層的老瓦片
看著思古幽情，住著也就怡然而清心

148

風雨瓦舍
洛陽城的瓦庫旅店

卸下樓頭風雨
框裱尋常日子裡的片刻
堆砌出一框框重生的喜悅與風情

你來或不來
我都在這裡
靜坐瓦廊下聽風品茶香
無論你來或不來
你來我便暗自竊喜
奉上時潮裡忍不住的舊韻新潮
再造的獨特與盛情
窗枱上的瓦片風鈴禁不住也樂呵了起來
歡迎你來歡迎

遠遠近近的窗台風景
來來去去的遊客旅人
層層疊疊的瓦片築牆
斑斑駁駁的歲月痕影

三個小時後你來電回報安抵歸程
而我仍危襟靜坐
默數瓦片上曲曲折折的新情舊韻

2017・北越・河內

略顯陳舊暗沉的河內自有老派的南方風情
但畢竟難掩蓋古典的中華古韻
夜宿老樓精心設計的特色行旅也不失舒適
深夜的小巷幽靜，只是老房子格局畢竟受限
晚歸遊人，腳步聲、接頭交耳聲都掩不住陌地的輾轉難眠

過於寂靜的夜

夜的過場悶熱漫長
微醺之後的靜默
妥善折疊所有的清晰與模糊
星子們就紛紛登場
規律沉穩的鼾聲讓夜安心了起來
揭開窗簾縫隙
一面閃爍著悸動雀躍的夜星空

流星氣定神閒
夜的港灣寂冷且淒清
已燃起了的激情
如何止息
你從遙遠的星系迷濛甦醒
攜滿懷的光和熱
星火搖晃
搖滾點燃過於寂靜的夜

2015・愛沙尼亞・塔林

長途旅行移動途中，多了許多放空養神的悠閒
形同大把揮霍的奢侈
把時間用來享樂遊走，賞心悅目沿途的美好與驚艷
和志同道合的老來友伴同行遊樂
試著抓回一些些遠去的青春雲煙

青春怎麼了

拋開拘謹與形漸遲鈍的身影
跳躍吧
當陽光陰影歲月華年同在一起
盡情揮霍吧
讓垂邁的老教堂瞠目也無妨

遠處林子傳來嬉鬧和喧騰
嬰兒車毛小孩氣球與風箏響亮清徹
青春原來一直都在
迎面而來巨大透明的漫天濤浪
你是巨浪中的晶亮

站立太久或冥想過於深沉
規範與形式恐怕陳痾定型
疾駛而過的黃金列車座椅上氣定神閒
你說去日和未知
哪個距離較遠

2017・俄羅斯・莫斯科

莫斯科廣場外圍遇見一對年歲老邁的東北大爺大媽
他們以緩慢的步子無聲徐行
沒有交談與對話，也分不清是旅行還是路過
彷彿在漫長的行旅中，相偕朝著同樣的方向
一輩子就這樣慢慢老去

154

無歌行

零點一針筆以斜角三十度
傾心描繪濃且密的縷縷烏髮
三十年後黑裡透白
她笑說質感不錯是筆法太差吧

脊椎側彎成扭曲的河道
起身坐躺都嫌隙
妖嬈豐腴畢竟不及一身輕盈來得靈巧
他說要不咱把椅子換了吧

手腕一般粗的花台老櫻樹
眼看花開疏稀而嫩葉已迫不及待
他們琢磨著什麼時候
枯枝除盡連根移除

停停走走
行到無言無歌無樂無憂
沒有歌聲相伴的路途寂寞難免
走走停停
如果相攜在年華盡頭

虛虛實實

沿途的

風景

Volume 3

無需爭辯
誰的山高誰的江流水長
誰的秋山絕美誰的白雪無涯
不如就倚著列車躺平
既然忘鄉　那就沿途找找風景裡隱藏的
什麼

大美新疆的絕色美景都在海拔2500米之上的高原帶
塞里木湖尤其隔世
無意塵囂，只為諸神而絕美
尤其是深秋臨冬之際，彷彿謝幕前的臨去秋波
是那種讓你忘了回程的魅力

寂靜絕美
塞里木湖

遂失去距離與方向的感知
遠與近　高以及幽靜
此去天堂想必不遠

雲山湖水坐臥
相廝相擁
你埋首啃噬著極高極靜的畫幅裡
卑微凝神
點綴成環湖臨去的一枚晶石

甚至飛鳥都不肯掠過的寂寥湖泊
只剩冷凝與絕色
諸神都離席
臨去時猶頻頻回眸
誰的秋波

2018．新疆可可托海神鐘山

喀爾濟斯河上游以神鐘山形而聞名的山頭
並無令人屏息的景緻，況且秋色尚未完全降臨
高海拔的雲杉簇擁，一匹黑長鬃毛的老馬日午之後投影成形
為原本平淡的山頭，孤傲了起來
透過相機會心神領捕獲的一匹高原神獸

秋
山
瘦
馬

海拔三千之上
雲杉們堅決信仰至高無上的身世
貼身簇擁群山傲氣
不容秋之山嵐突來的造訪或
挑釁

只放任雪以及
跋涉千里的瘦馬西風
以哈達之姿
在山頂搖曳

2018・新疆大漠高原

高原上的遊牧民族越見稀少
偶爾還能遇見騎著摩托車馳騁大漠的墨鏡年輕人
但高原上的氣候乾枯惡劣
方圓百里不見人煙的塞壩高處
只不知牧羊人如何承受這般荒寂無言的山丘歲月

無聲行旅

越過第七座山丘
循著駝兒疊疊錯落的印子
一路向西

路徑向來就不十分明確
那人在風的草原上緩步徐行
季節略微傾斜

荒而安靜的塞壩上
黯然路過的無聲行者
不露聲色隱入暮色荒原

2018．新疆天山山脈

高山一旦連峰成群，似乎就難顯獨大獨高
當你也置身高處，以微仰視的視角遠眺
也就少了些微渺的自卑
山峰一直都在
而人只是偶爾造訪，一群忍不住詠嘆、讚聲連連的閒雜

雲上西北

是時間追逐浮光掠影
還是你的行腳急疾過於倉促
群山橫陳
以倒帶的節奏
一幕一幕
疊印著桀驁的風景

空氣稀薄澄明的雲上
止不住喧嘩與讚歎不絕
只是那風景呀
始終雍容峻美
如禪不動
如季候謹敬一一鋪陳
如春分時節一卷亙古傳唱的詩經

2018・新疆喀納斯

翡翠般的絕美湖泊畢竟冷沁
山水美好，但終非久留之處
無怪乎只存在空氣稀薄人煙罕至的高原山谷
秋冬與春夏各展不同水色的喀納斯湖
除了絕美還是絕美

輕盈冷凝

朗朗無礙的高原上
放聲嗷嘯或輕聲喟嘆
一生便如飛羽
輕盈得連孤獨都不知所措

冷秋冰原令人屏息
雪在山巔
山在湖裡
湖泊在寒氈刺骨的冷翡翠裡

越過哆嗦山丘
驀然憶及昨日的白衣芳華
多麼盼望搖櫓一葉
輕舟划向幽火煙硝的年少

2018・新疆巴音布魯克

從高處俯瞰遼闊寬敞的大草原
蕭瑟以及蜿蜒的河流鋪陳著邊塞大漠
一切都隱忍著
如果不是山丘暗面細微的點點移動
真要以為置身某一處無人的星球

枯荒流域

草原臥躺在節奏緩慢
並不十分明媚的風景裡發呆
季節寤寐未醒
夢裡夢外都是混沌
羊兒與馬匹黯然埋首
啃食記憶

棕黃色晚秋略顯蕭瑟
天幕與山巒
草原與河流舒坦鋪陳著高原上的
曲曲折折
任由西風自由無礙的穿梭瀏覽
枯荒裡驀然迴盪起幾聲
落寞的狼嘯

2012‧上海田子坊

相較於如今大陸的繁華盛貌
直逼歐美大都會城市的景觀與摩登，不遑相讓
我還是比較懷念早期懷著忐忑心情探訪江南的那份隱藏的驚豔
所有的臆想，書籍裡認知的江南人文地域風情
都在山水河湖、古寺城牆及巷弄胡同裡一一展現，多麼風韻的古典

書卷江南

進入熟成而繁華錦簇的場景片段
在歷史雜沓冗長的章節一角
你停止翻閱
不捨闔眼的餘暇
窺探鎏金風韻裡的古典記事
穿透泛黃的膠卷
逐篇逐頁細細品賞世紀轉換的江南

上海是風華絕代紛擾不歇的落落長篇
杭州抒情蘇州小品
畫舫精雕詩詞與情牽的花塘西湖
在善變與哲學間驚心未定的霧雨黃山
南京老城牆持續論述六朝遺史直至民國現代
秦淮風月已蕩然
唯徽州一派超塵脫俗
傾心墨染出灰瓦白牆的江南水鄉

一任梧桐綠了草春白了冬秋
江南呀多麼婉約多麼妖嬌

2018・南京秦淮河

夏暑的南京有奪命等級的悶熱
不枉中國四大火爐城市封號
秦淮河因歷史而盛名，紅紅火火千年不墜
繁華盛世的南京城今非昔比，歷史的浪漫或悲慘際遇都事過境遷
而十里秦淮已不成河，倒像是沸沸騰騰的一條水上炸鍋

微雨秦淮

嘆息的河在擁擠的夏夜裡浮沉
一艘艘不忍回望的舟帆
滿載哀悽與怨嗔
古老的河裡無由地徘徊遊蕩
河道感傷甚至擁塞

雨後的河畔沒有絲毫涼意
梧桐沉默戍守著一座亢奮的不夜城
旅人如織如悶鍋裡的百千沸點
畫舫簫鼓霓彩繽紛一如古典
流淌著歷史的混濁與燠悶

過於沉重的城牆負載著沉甸甸的抑鬱
老窯磚厚實且堅硬
卷摺了一曲曲悲愴的不屈
肢骨淚血堆砌著巨大而冗長的夢魘
爛漫的金陵啊　多麼倦怠的大旗

十里秦淮夕陽斜　王謝堂前烏衣巷
汗雨不分的季節分不清陰晴
用燠熱與汗滴記載一截溼黏的旅程
擁擠的河啊　秦淮已遠

2014．山西平遙古城

古典的幽微成為我們對於歷史的懷想與揣摩
彷彿置身某一個不確定的古代
無論樓閣如何精雕，城牆如何雄偉
古典的氛圍常把人群環伺得如痴如夢
但現實的腳步只在氛圍中一夜駐足，天光乍亮時一切回歸於現在

夜的古城

探訪古老的夜城
城樓已酣然
風沙夾雜煤塵自塞外拂來
輕輕撫拭疲憊蠹朽的落拓樓牆
猜臆著燈火爛漫映照的什麼朝代

夜的客棧
燈籠與窗花嚛聲廝守
暖烘烘的紅豔懸繫著夜的迷幻
鴛鴦蝙蝠纏綿的窗扉啊
掩映著誰的柔情纖纖
她把水月燈影裁剪成一幅古典的繁褥靜美
亙古的夢就無涯無際的延展

守更人循守不變的路徑
沿著青石曲巷吟哦著老緩的步履
等待在漫長裡酩酊穿梭
聽見了麼？城樓下沉穩渾厚的心跳
胡同裡山楂與棗子競相迸出瓦簷
日出前綴滿一城暈紅

2014 · 山西平遙古城

獲邀參加山西平遙國際攝影節展覽
得以認識這座古樸雍容，維護得相當地道的完整古城
歷經2700年歷史的城鎮，幾乎與世隔絕的存在
城樓牆垛、大廟街市、官府商家民宅以及來來往往的住民與遊客
活脫脫一座持續演化中的現代古國

七日七夜平遙古城

縱橫錯落的衢巷裡　緩步蹀躞一千年
鎮踞牆角日夜守候的石獅
吐納著落日與長夜
冷觀塵世與滄桑悲喜

第一道晨光自角樓映射
古老就隱隱消逝於白靉靉的霧氣樓頭
北方微寒　九月的大夢初醒
啊蒼涼與悲愴
遠鄉飄搖我在其間

狹窄巷弄灰濛陡峭莫非直通荒陌
歷史與塵埃混塞的青石巷裡
短腿長毛的原生狗種們
無視於遊人疑惑
熱衷且無畏的玩起群媾交歡的遊戲

以七日七夜細細踏訪
在我盛年時造訪你的垂垂老邁
昏暮中沿著城樓俯瞰今之古代
危顛顛走索於滄桑與現時的城垛
你說該如何構築
下一個朝代的繁華與落拓

晚鐘

沉而厚實的鐘聲自樓頭響起
你順手抓起了一把金黃暮色
底片匣裡藏一截
風衣口袋也塞了一些
絢爛的金黃極度妖嬈誘人

跋涉千里慕名而來
陽關街巷猶未踏查
城河就急急闔上城門
催促著形形色色的世代們
打哪來就回哪去

駝鈴已叮咚在遙遠的距離之外
鐘聲餘音仍嫋嫋
仍遲遲不忘
以古代才有的腔調催促著打哪來就回哪去

但回哪去好呢？
現實還是古代
大鐘只顧繚繞著久久不散的餘韻
毫不在意樓頭風寒
冷並暗沉了的天涯

旅行在外，往往充滿變數
天候、路程、交通、時間、餐食以及未料種種
尤其是比較偏鄉的陌地郊外
除了探索遊蕩的樂趣
2014．山西雙林寺　還得考量是能否如期往返，繼續下一段行程

2024・安徽黃山

太晚才造訪奇美黃山
且是在最幻化無常的暮春時節
終年看守的巡山人，在刺骨低溫寒風凜冽中雙手插口袋
自嘲守了大半輩子都還沒看懂山的脾氣
你們不過半日黃山，哪能看懂山色幾多

遲晚黃山

山色瞬間放閃如幻夢奇境
絕色只在眨眼之際釋放收回
霧雨山嵐傾全力護航著詭譎大山的容顏
暮春三月
閒人莫闖雲海山巔
山　只為伊自己而風華

抬轎人傾矯健之軀在陡峭的石梯間衝刺吆喝
山林開道
引領遠來的不速之客神遊仙境
三尺之外　山松列隊以曼妙姿影盡地主之誼
霧　乳母般的山林守護神

誰在夾縫中取得絕佳崗位
吐納天地精華　獨攬群峰視野
誰無懼雪雨風霜
在塵世隔絕的海拔捍衛崎嶇孤傲
無視於穿梭讚嘆的繁花男女
只專注於季節限定的舞姿
松　峰岩上的影舞者

啊莫非太遲太晚造訪大山
諸神已不耐

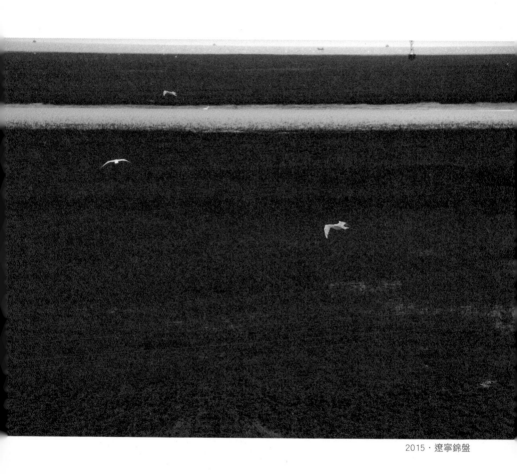

2015・遼寧錦盤

深秋時節，遼寧錦盤的鹼蓬草紅透整片沼澤地而擁盛名
綿延18公里長的紅海灘絕無僅有
白色的飛鳥遨遊其上
俯瞰這片季節限定的壯闊場面
遊人如織，但僅限於指定的範圍內遠眺紅色海灘

紅海灘

遼寧錦盤的深秋盛宴

深沉的紅
沁潤著秋暮晚天最後一抹餘光
飛鳥們疑惑著掠過殷紅的海面
為翻騰的紅色波浪悸動不已
誰的季節這般激情而蕩漾

秋深時誤闖紅浪灘區
彷若狩獵人深陷叢林般飢渴
貪婪無度的眈眈於眼前
一面映射著想像與幻夢的紅色世紀

老馬緩緩踱躞著乏力步履
緩而無謂向昏黃的遠天
持續巡守天涯與昨日的盡頭
黯然褪盡風華的天暮
一任紅殷蔓延

誰的激情如此艷燦
在深秋時候鋪陳出殷紅欲滴的
蕩漾海灘

2024・雲南洱海

十二年後重遊雲南，風景大致沒變
一樣蒼山湖澤，雪山麗水
人們以大湖為海，顯擺他們依山傍海的怡然與豪邁
有風的地方確實是西南的世外桃源
只是啊人事已非，改變的卻是旅人自己的心境

184

風
起

海帶雲忙碌於冗長的遷徙
銀杏葉猶未全然飀黃
白衣掩映的遠方
雪山巔陳年堆疊難解

索道攀登的制高點人聲雜沓
過了洱海
除了風便聽不見任何外來的音訊
這樣也好
冷看平靜湖泊仰望雲的行腳
有那麼一刻
雲影幻化成一艘逐風搖曳的帆
自在地飄泊游移

季節與風的狂放
多肉與繡球花沿著山林小徑恣肆鋪陳
古老的寂照庵藏不住嬌羞
自顧陶醉在繁花錦簇的園林深處
而師姑始終沒有露面而天色欲昏
你說　這樣的季節該點燃篝火放歌起舞
還是以湖為海
隨孔雀的傲嘯沉潛寂寥山林

2017・北越下龍灣

抵達下龍灣時低氣壓籠罩
雲塵濕氣湖海島礁盡是一幕黑山白水的水墨
點點錯落在寬廣的湖海裡
船行其間
倒像是我們不經意叨擾了原本安安靜靜的澤國

下龍灣

興許是棋師尚未深思熟慮
幾經盤算推演
仍遲遲出不了手的惱人棋陣
經過一個世紀之久的思考
遂把棋盤佈設成湖海島礁虛實星羅的
佈局

夾雜其間
當然也不乏面子問題
既然掌握不了穩操勝算的江山
不如就大手一揮掀了棋盤
任棋子散落迷惑海灣
偽裝成傾心構圖的
潑墨山水

2023・日本・群馬縣草津溫泉

為了躲避過年期間台北的清冷
選擇了白雪燈紅溫泉汩汩的草津溫泉
沒料到一切比想像的還冷凝
溫泉異地少了中國年節的氣味
倒是雪地裡的暖泉熱烘了整座冰凍的山村

草津一夜

大雪比預期早了些鋪滿山徑
寒夜裡來到覆雪深深的草津
迎客階梯拓滿白黑雜沓的腳印
冷凝裡裹履著溫熱的心
山城泉源不絕
雪屋與燈籠染透夜的古意紅暈

溫泉鄉敬奉溫柔的雪和炙熱的泉
雪夜千眼
冰冷的白灼熱滾滾的液
漫天煙霧迷繞
溫熱千年的泉始終不曾冷凝

覆雪深深
女中們齊心協力搖櫓著歷史的木槳
一再重複刷洗滿池心事
青春的汗滴
把溫熱的泉刷洗成蒼白無語

2023．日本．東京吉祥寺

實在找不出可以說服自己的原因
但我喜歡這尊穿著隆重衛士服的兔子，他看來高貴而自律
邀他從吉祥寺飛來台北
希望他喜歡這處有溫暖陽光的工作室
並且繼續他的盡職守候，但可以不必那麼拘謹

吉祥寺的爵士兔

再次造訪吉祥寺
在斜坡一角的古董店
遇見身著華貴衛士服的爵士兔
他雙手緊握赭紅的古董傘
認真嚴慎地戍守著玻璃門入口
在那形成一處噤聲的警戒區

禮貌地問他守候著什麼
他沒有回答
只以不屑的眼角餘光回瞪
那神態難以理解
我尷尬的閃躲轉身進入店內

暖室與一門之外積雪的街角對峙
冬之陽光
透過玻璃窗聊表善意
送進幾許不冷也不溫的問候

也許守候本身
就是守候的唯一理由
推開玻璃門時聽見兔子喃喃自語

2023．日本．井之頭吉卜力美術館

沒有一句台詞的沉默機械人
在天空之城裡按著自己的節奏成為極具渲染性的角色
即使城堡拉普達已遠颺　失去戰場的機械人
如史詩英雄般聳立在劇情外的吉卜力工作室城堡頂端
繼續著他的堅貞與悲劇

失去城堡的機械人

他的忠貞被啃噬得頹然
腳下執意青翠的百慕達草任性蔓延滋長
鏽與孤傷
漫天煙硝環繞著昨日未盡的夢
雲層以凌亂的速度崩解集結
天空剩下虛無
隱約聽見細微的機械喀喀轉動聲

沿著丘陵上空緩步告別
生鏽的腳步走來沉重
嘆息自鏽蠹的金屬喉腔發出
他的眼神細小但是堅定
執著的凝視著失焦的遠方

多麼盼望
有一座用生命守候的城堡啊
但拉普達人已滅絕
天空之城挪向更遙遠的遠天
騰空了煙硝的戰場冷或熱
都孤單
他遂把自己站成一柱擎天

2019‧日本‧瀨戶內海 +2017‧俄羅斯‧聖彼得堡

按著谷歌指引，找到位於小港邊的一家熱門小餐館
小得不能再小的小館
僅容得下十來位客人用餐
唯一的菜單是豬排咖哩飯外加一杯香醇的熱咖啡
小小的木門外排著長長的等待隊伍，時間漫長得連港灣的水母都打起盹了

安安靜靜的小港灣

人們很安靜
都規規矩矩隱忍著各自的渴望
餐館很狹窄
一杯啤酒下肚後聲音開始張揚
午後的小島很悠閒
空氣裡飄散著淡淡的海草香
寂寥的小舟與水母相偕一起冬眠
安靜裡一處等待咖哩的小港灣

等待的時間有些漫長
旅人們表情維持友善
長長的隊伍只為等待一頓好評的午餐
餐館老闆態度從容
一邊接待客人一邊料理
結帳時
還不時眺望著窗外的遠方

2019．瑞士．格林瓦特

高山提供了山客豁然的視野
山稜的氣勢維持著令人敬仰甚至畏懼的高度
冷且無塵的山脊上
對照著綿延大山的壯碩與渺小的
自己

山脊上
阿爾卑斯山脈

以鷹的視野
在峰的脊背巡弋
雲海連峰山巒靜好

彷彿君臨天下
白雪靄靄一覽無礙
雲絮雍容而華麗的畫出一道天際
逐頁翻讀季節與春秋
無畏於浩瀚天涯
甚至歲月

2017・俄羅斯・聖彼得堡

孤懸大洋中的台灣島民，一跨出海洋基本上就踩到邊界了
旅行歐洲大陸時，常有機會同時腳踏兩國甚至三國領土
才理解到邊界其實不如想像中的涇渭分明
同樣的人種、食物、踩在同一塊土地甚至操著相同語言
一切的界線都圈繪在政治的版圖

來到邊界的旅程

乾冷而慵散
一種潰散敗落之間的寒涼湧現
光影以藤蔓的速度
一次次攀爬昨日以及更遠的視野
所謂邊界誰來定義

陽光簡單而清澈
情節恍惚得近乎虛幻
寂靜的城河流淌著肅穆與清冷
茫然無措的無名英雄雕像
孤孤單單杵在歷史疆界那盡頭

沒有交集的陌地行旅畢竟冷清
風與飛鳥放肆盤旋在無拘的遠天
且不時穿越彼此的領空
你踩著忐忑
在禁忌中摸索自己

2016・義大利・威尼斯

以反覆層疊修裁佈局的影像，記憶終結的2016
光和影、斑駁與瑰麗，虛虛實實掩映著置身的異域風景
在此之前，時間和歷史都被遠遠的拋在腦後
除了風雨苔痕，其餘的一刻也不曾停駐
把精心編修的影像印成年卡，問候所有神隱的朋友

遠離嘆息橋

汽笛聲在遠方悠悠揚起
距離從港口一路延展
狹窄的石巷瀰散著葡萄酒香與伶仃步履
黑黝黝的拱橋無謂地支撐著
潮起潮退的河道

嬉鬧的海鷗
在岸邊揮動羽翼
不斷地捲起一陣陣聒噪的聲浪

嘆息的橋還隔著幾條水巷
地平線與水平線眼看著逼近
我們或者擦身而過
在沒有交集的橋頭

2016・義大利・佛羅倫斯統治廣場

羅列著神話與經典雕塑的佛羅倫茲統治廣場
新新舊舊古典與現代並陳
驕傲展示著歷史風華與光芒的廣場
俊俏擁吻的情侶禁不住激情
盡興演繹著廣場上更人性的春秋

統治廣場片刻停留

佛羅倫茲

沿著古典的牆面
逐一瞻仰陌地遺事
遠古且浪漫的廣場

琴聲自街頭一隅悠悠揚起
那人或神站立成一道令人讚嘆的
堅貞立姿

旅人與馬車都停駐腳步
紛紛把自己羅列在歷史廣場的
偉大群像之間

城郭

從中城介入
龐大而悠久的斷代直面迎來
巨大得令人敬畏

以為涉入的就是完整的片段
是城郭該有的極致想像
徒不知歷史的軌跡還長遠著呢
往前還有上城延伸
向後是相形敗落更古老的下城
且不知上城的上端以及
下城的後面
還有沒有更久遠更令人迷惘的他城

一種驚惶失措
關於城堡的恐懼

旅途中不乏偶發的意外場景出現
有時透過相機鏡頭的視角
有時是轉角街頭不期而現
歐洲對於歷史建築的呵護與嚴謹保護
成就了全世界旅人觀光朝聖的焦點

2015．比利時．布魯塞爾

2016 義大利・威尼斯

正遭受年年攀升的海平面之威脅
威尼斯這一道義大利美麗的水上傳奇
面臨著地球暖化而瀕臨淹水的隱憂
過多遊客干擾了這座非常寧靜的水都美名
畢竟美好的傳說誰都不想錯失

水鄉

我若緊緊簇擁著你的繁紋縟飾
忘卻世紀外的雲空
信仰你的絕美與優雅
成為神人詠嘆的璀燦彩虹

無以抵擋的魅惑比遠古還久遠
指北針脫軌鏽蠹時
馬蹄鐵步履已蹣跚涉水
貢多拉停靠在層層跌宕的古老皺摺裡
風雨不歇捲雲濤浪
入夜的水鄉已杯晃昏眩

若是溺斃
徒留展翅的獅子孤海懸柱
千萬顆水晶玻璃與氣泡紛紛昇華
在平靜或風浪濤天的浮浮沉沉中
倒映出一幅濕透的水彩

2016‧義大利卡‧布里島 + 米蘭大教堂

擔心航程搖晃而暈船的友人
為了探尋傳說中一生不能錯失的卡布里島藍洞奇景
在海天一色的義大利南部海上
終抵擋不住藍色的誘惑
徹底忘記最初憂心的暈船心病

微暈航道

耽溺於記憶與幻夢的大洋
舀一瓢水藍放左心扉最柔軟那角落
那時水氣還微涼
海天悄悄披上藍寶石風衣
說好不暈船的航道
浮浮沉沉都陶醉

迷惑在藍的層次裡
三海哩之後腰包裡跳出一顆藍色小藥丸
來時與回返的航道就通通遺忘
海藍天藍以及岩洞裡迴旋晃蕩的
水晶幻藍閃閃

搖搖晃晃的亢奮裡
暈與不暈
終究只是航程裡最無感的
餘慮

2015・比利時・布魯塞爾

不知道是秋陽太豔還是盛名響亮
修道院啤酒霸氣十足
冰冰涼涼的氣泡完全征服旅途的疲憊與秋老虎
至於啤酒香與酒精濃度
怎樣也比不上眾生喧嘩的興致

修道院冰啤

石街道叩叩叩叩持續了一整個夏秋
鐘樓躲藏在起伏陰涼的碎石子窄巷裡
來到夏末尾聲的修道院
傳說這裡的啤酒濃且香醇
天清雲淡還帶些橡木桶的老氣味
說什麼也要灌他一支
冰啤酒調配陽光燦燦
氣泡透心涼

沒有人談論戒律或教條那什麼
風啊雲啊藍天濤浪
光芒褪盡的金色城堡
杯影搖晃
千百顆晶瑩剔透爭相雀躍的啤酒花
自城牆湧出
啊啊溺斃之必要
晶瑩剔透爭相雀躍
廣場上空千百朵啤酒花綻放之必要

2019・瑞士・琉森

為追悼兩百多年前一段瑞士傭傭兵捍衛法國皇室的悲壯歷史
石獅子被賦於垂死與悲傷的象徵
神態極其傳神令人感傷
只不知石獅子哀戚兩百年之久
更悲傷的是傭傭兵的犧牲還是百年沉睡的無奈

悲傷的獅子

初抵琉森那個上午

速度維持在無所事事的秋聲尾葉
那時雲上已昏黃
艙外的遠天翻滾著不安的棉花海
航行在昏暗裡沉沉睡去

因悲傷而禁錮於冷牆上的獅子
無視於旅人絡繹不絕的憐憫與同情
盡顯牠的疲憊與孤傷
悲戚的神態令人黯然

互看了半個黯淡的上午
旅人舔淨手上奶味濃郁的冰淇淋
拍照打了卡之後漸次散去
任由石獅
繼續憂傷著下個一百年

2019．瑞士．馬特洪峰

從海拔三千八百多米的山頂仰望至高的馬特洪峰
險峻與孤高、光照和陰影
震撼的是視野，慶幸的是沒有攀頂的行程
高傲與英挺還是穩穩妥妥的安置峰頂
莫去叨擾

孤高
馬特洪峰

來到披星戴月霜風雪雨的山巔
挺進
無華無欲無畏無懼的年歲
你來到秋璀與冬瑟交界
啊，不勝寒的高處
極目無涯的視野無涯的寂冷
坐擁孤芳　睥睨群峰
原來原來
江湖多麼虛晃

2019・瑞士・瑞吉山

一直以來習慣選擇在秋天放飛
無論東方西方、高原與大漠
秋高氣爽讓高山湖泊都神清氣爽塵埃不惹
登高而小我
放飛了無垠的視野，同時理解生命的卑微

遠方　草擬一幅靈秀無垢的綿延山色
　　　你便思緒無礙坐擁雲山
　　　將靄靄山嵐暈染出不慌也不亂的生宣捲軸

　　　墨色些許凌亂
　　　筆法也遲遲未定
　　　雲霧放肆而任性

　　　近觀或遠眺
　　　鷹盤旋在鷹的天界
　　　眾神在虛實間

　　　而一切都無所謂
　　　我就在這
　　　遂把自己描成一隻輕盈失魂的
　　　孤鷹

2019・瑞士・瑞吉山

就像繁花與枝葉，江河入海流
雲天與群山的不可缺一
有雲環擁既凸顯了山的昂揚
裊繞期間也柔化了峰不可測的神秘與幽深
惟山嵐雲海讓群峰魅惑了起來

雲山迷漫

雲煙以不及掩耳的柔情
迷惑山巒起伏腰身
在季風的簇擁下
擾亂了無比昂揚山的陣仗

塵世糾葛拋得老遠老遠
凌亂的步履暫留昨天
山林轉角處
巧遇季節正在翻篇

雲霧散開之後
挪移出一片無謂的隱白
莫非那就是
傳言許久
關於神遊的一種說法

2019．瑞士．少女峰

看似高不可攀的綿延山脈，本該恬然自適與世隔絕
但是人類挑戰了各種可能與不可能
輕輕鬆鬆就把仰慕者送上山頂
飽覽了視野盛宴，卻無可避免擾亂了群山
是不是沒有了旅人的叨擾，山脈也會感覺孤單

十分接近的天堂

揚塵難抵的峰頂
風雪逐舞於險峻的秋山沿途
融雪因寂寥而凍成冰川
群山在上天涯在下
冰河緩緩流淌成四季不分的恆常

捨棄吧所有關於夢的想像
進入無垢的寂靜山巔
氣味十分接近天堂
湖泊矜持無聲
沉靜得彷如熟睡不醒的陳雪

然後眾聲喧嘩逐漸淡去
霞光柔美而純淨
雲絮遂把自己置入
理想的風景

2019・瑞士・瑞吉山

擁有高且視野絕佳的阿爾卑斯山系瑞吉山
高山列車可以在極短的車程裡把你帶入雲端
一切都美好得不帶丁點雜念
淨與美，只除了高山低溫的適應
你甚至瞬間湧現縱身躍入雲間的幻想

高山上的列車

雲説風景在更高更遠的地方
順著風你便望見一道直且陡峭
鋪滿夢想與碎石子的軌道
那兒有初旅的亢奮與輕盈的浦公英
以及迫不及待
想飛得更高更遠的
無憂列車

2015・荷蘭・鹿特丹

停泊在靠岸的客輪上過夜
偌大的客輪餐廳酒吧咖啡座都齊全
但秋天的河港實在是冷,甲板上沒有停留的人影
港邊燈火零星有些黯淡,像是遺忘行程的船班
那是2002年秋天旅行荷蘭時一個奇特的夜晚

夜的河灣

郵輪靠著歇息的夜河停泊
河灣上沒有任何輪船行駛的動靜
夜就瀰漫了古典的船艙
新馬斯河沿岸夜影慵懶而渙散
航海圖鑑與與輪船模型
盡責地炫耀著輝煌與海的滄桑
甲板上空無一人
河影幢幢微晃夜輪

不如就假扮遠航歸來的水手
和諧演出一齣杯光晃影的浮華
吧台上爵士樂聲嘶力竭杯瓶凌亂
催情的咖啡
因初陽綻亮而沸騰成一湖潮騷
河輪映影
倒映出一幀盎然無憂的印象畫
秋天眼看即將結束
旅程正在啟錨

2019・瑞士・菲斯特

高山令人心曠神怡視野大開
白雪山巒與翠綠草原並存絕對奢侈
空山獨蹓是一種心境，但歐洲人顯然身體力行
把整座大山擁抱懷裡
盡享歲月靜好、與世無爭的閒適

小歇

行旅過處
風雪喧囂過於紛擾　所以
暫且停歇

等待融雪晴時
記得摘下帽頂上穿透蘋果的古老的鏽箭
記得輕啟窗扇　呼喚山嵐

也記得吹熄燭火
把靜美還諸天地
安安靜靜　朗讀下一個閒逸溫暖的春天

2019・瑞士・菲斯特

初見乍到，明信片上的理想畫面盡現眼前
真實呈現在遙遠國度的高山腰段
順著山勢碧綠的草原起伏
小徑劃出一道道平靜優美的曲線
真想跳下纜車，暢快的行走其間

228

沿著初冬的小徑

愉悅的草原
沿著秋的髮梢
蜿蜒出一條曲折的寂寥小徑
飄散著輕盈與草香的空氣中
山陵肌理與白雪交相錯落
層層疊疊出季候的履歷

舊雪未融
初白踮起輕盈的腳尖
你便一路丈量著離城與鬢髮霜白的
距離

2015．俄羅斯．聖彼得堡

很喜歡歐洲諸國眾多的雕塑群像
神話人物、歷史英雄或純粹藝術創作，站立臥騎、認識與不認識
大概只有雕像本身才能體會供人瞻仰的那份傲氣或不悅
任風雨歲月洗刷的天空下
和雕像一起經歷過的際遇，也是歷史的片段嗎？

北方有佳人

然而耳際總是迴盪著
寒冷櫥窗裡夜鶯輕聲啼喚
雪地裡的靜謐與臨海陰鬱冷冽
反芻風華裡的榮耀與無懼

離開黯然神傷的類古典
所有瑰麗的幻夢都瞬間枯萎
像焚後的焦寂繁花
牢牢緊勒著某個遙遠朝代的餘溫

如果重來一次
如何除卻臨老的悲傷
重返林間裡竄動的繽紛與騷息
鬱金香早已忘卻憂鬱
憂鬱陶醉在自己綻放的
芳華裡

佳人何在
看看英雄遙指不朽的
那方

2015‧法國‧巴黎塞納河畔

遊客們搭乘郵輪在塞納河上嘆嘆緩行
巴黎人毫不在意來來往往的遊船
男女老少袒胸露背
只管享受他們的悠閒和陽光
浪漫率性的城市，簡直可以閒睡一輩子

慵懶歲月

吉他手認真而專注彈奏
關於青春與自由
陽光燦亮
空氣十分慵懶

十月的塞納河畔
裸身男女曬得通透
河流徜徉著浪漫與咖啡香
船以緩慢得不帶一丁點責任的速度
恁河流決定去向

野鴿子駐足在時間的縫隙
旅人們忘了飢餓與行程
甚至聽不見吉他手傾心撥彈的
歡悅與悲傷

2015・荷蘭・佛倫丹

既不是起點也不是終站
旅行中難免會經歷過許許多多的臨停，有意或無意
把每一個停留的片段用心聆聽觀賞
然後總結每一次的駐足，便會是一趟完整的旅行
也就無關起點或終站

旅途中段無名的海邊

船已離去
空蕩蕩的海面只剩小心翼翼
映射著晴朗天色的水面
波浪維持著八分清醒
佐以同情的神色
極力撫平陌地行旅的起伏和忐忑

旅行中段
遇見很空虛的海邊站牌
沒有地名或車班資訊
不禁令人質疑
起點與終站的必要

時間用來消耗剛好
空蕩的海邊等不等待都餘裕
亮澄澄的陽光宣告秋天已經尾聲
冷且舒坦就這樣持續也甚好
飛鳥魚族不曾來訪
陽光燦燦陌地的誠意十足
而且氣溫低於三度

1998・旅行途中

每一位搭機的旅人
一定都會為機艙外的綿密雲海讚嘆不已吧
無論地面的天氣如何霧雨陰晴
雲上永遠是青空朗朗雲海柔情
看雲絮翻騰難免就聯想起眼前流逝的時光

在雲上

不帶眷念的棉雪纏綿著柔軟的天涯
天堂很接近了吧
你將看見不朽
從容不迫的沉潛其間
一次次純粹而坦然的抽離練習

在雲上　時光承攬了一切
你將拋棄部分真實的自己
自在無度地揮霍著
雲的柔軟行旅的曼妙

如果正巧　來回搭乘同一航班同一機位
在同樣的時刻起飛降落
這裡那裡那裡這裡
左耳聽見雲絮咻咻
而右耳執著想留守太虛雲間

承攬了一切的雲上
同時承攬正在消逝的時間
光影盡職游移
一分一秒一刻一時
一日漫長一年飛快
一生哪倉促得難以設防

後記

循例，在忙碌或者很忙碌的間隙，為尋常的日子敲打些不痛不癢的歲月餘燼。而詩，正是這個階段適合隱現的渠道出口。特別是置身進退維谷的年歲。畢竟不是埋首勤耕一族，基本上也不具備信步成詩的本事，只當是面臨被歲月追哨，但大致都還無所謂的階段，幾經拼湊塗抹，慢慢慢慢才琢磨出的輕簡的文字。而詩，適合與歲月對話，是設計本業閒暇之餘，另一份額外的小小創作樂趣。

手寫稿變得珍稀的年代，詩稿以手機敲打的居多，利用山林散走或偶有想法時，在手機上記載存檔，得空再加減乘除，最後集結成書。特別佩服兩位至今仍堅持提筆書寫的好朋友。林文義兄不僅手寫還字跡清晰端整在稿紙上，應是編輯最喜歡的手稿類型，幾乎每一篇手稿都是靜置櫥窗裡典藏的風景。

至於老友楊樹清兄，堅持不淪為電腦附庸的報導文學家，從不仰賴電腦。一度因手稿時間急迫又字跡略為潦草，逼得家鄉的《金門日報》必須調派四位打字專員，應付他的專欄發稿。這事說來不遠也不近，如今他已熟練以手機寫稿通訊、拍照截圖、建立群組，每日發布藝文訊息和八卦，也忙碌得多采多姿，印證了即使不依賴電腦，他仍堅守楊樹清的運轉模式。

真誠感謝兩位好朋友，義不容辭提筆寫序，壯了聲勢。

以《虛實交晃》為詩集名，無非傳達詩與影像之間的創作互補。部份以圖寫詩，那是每逢歲末年終，重組旅行中的一些美好紀實，搭配小詩幾行，設計印製年曆卡寄贈往來的朋友而積累的作品。至於影像，很高的比率是花了相當心思，經修裁、疊影、調色、鏡射、變形等等程序，借助電腦重現新的視覺；把影像當成另一種形式的創作，如同寫詩一樣的心情。

《虛實交晃》詩集分為「這時誰還談論鄉愁」、「來到不插電的邊界」、「虛虛實實沿途的風景」三個篇章，分別就記憶的海島家鄉、日常隨思隨想以及旅行札記為分疇。年少去鄉的離島人宿命，背負包含戰爭、冷戰、戒嚴等等桎梏，從年少的懷鄉激情，經漫漫歲月洗禮，一旦海島面貌不得不隨著大時代急遽變化，即使島嶼一直都在，但純樸古典的海鄉，隔了世代，解嚴後已然失去最原始的質樸氣味。這時，鄉愁還存不存在，還有沒有人談論鄉愁，成為無解的習題。所以藉詩抒懷，一個記憶鮮明卻不得不黯然棄守，關於上個世紀的鄉愁。

來到不自覺的甲子園，行旅遂成為下半場的人生大夢，既是夢想也是一種理想。擺脫熟悉的日常，去體受外面的世界，不同的景物、語言、食物與氣味，山川湖海、花月風情……在陌生環境裡探尋陌生的疑惑與答案。以詩以影像紀錄回首，撰文配圖、編排設計，完成為一本虛實交晃的詩集，為這階段的自己，保留丁點走過的痕跡。

新人間 431

虛 實 交 晃
Between reality and illusion

文圖作者——翁　翁
主　　編——謝翠鈺
責任編輯——廖宜家
校　　對——陳妙玲・李　菊・詹　顏
行銷企劃——鄭家謙
封面設計——翁　翁
美術編輯——不倒翁視覺創意工作室

董 事 長——趙政岷
出 版 者——時報文化出版企業股份有限公司
　　　　　　10819台北市和平西路三段240號7樓
　　　　　　發行專線——(02)23066842
　　　　　　讀者服務專線——0800231705
　　　　　　　　　　　　　(02)23047103
　　　　　　讀者服務傳真——(02)23046858
　　　　　　郵撥——19344724時報文化出版公司
　　　　　　信箱——10899 台北華江橋郵局第99信箱
時報悅讀網——http://www.readingtimes.com.tw
法律顧問——理律法律事務所　陳長文律師、李念祖律師
印刷　一松霖彩色印刷事業有限公司
初版一刷——2024年10月18日
紙材——原木紋240g+大亞輕量環保88g+風之戀81.4g
定價——新台幣360元
缺頁或破損的書，請寄回更換

時報文化出版公司成立於一九七五年，
並於一九九九年股票上櫃公開發行，於二〇〇八年脫離中時集團非屬旺中，
以「尊重智慧與創意的文化事業」為信念。

虛實交晃 = Between reality and illusion /翁翁作.
-- 初版. -- 臺北市：時報文化出版企業股份有限公司,
2024.10
240面；15x21公分. -- (新人間；431)
ISBN 978-626-396-880-6(平裝)
863.51　　　　　　　　　　　113015012

ISBN 978-626-396-880-6
Printed in Taiwan